Deseo

FLYNN

Chantaje amoroso

MAXINE SULLIVAN

Editado por Harlequin Ibérica.
Una división de HarperCollins Ibérica, S.A.
Núñez de Balboa, 56
28001 Madrid

Chantaje amoroso, n.º 7 - 20.7.16
Título original: The Tycoon's Blackmailed Mistress
Publicada originalmente por Silhouette® Books.
Este título fue publicado originalmente en español en 2008

I.S.B.N.: 978-84-687-8270-6
Depósito legal: M-13626-2016
Impresión en CPI (Barcelona)
Fecha impresion para Argentina: 16.1.17
Distribuidor exclusivo para España: LOGISTA
Distribuidores para México: CODIPLYRSA y Despacho Flores
Distribuidores para Argentina: Interior, DGP, S.A. Alvarado 2118.
Cap. Fed./Buenos Aires y Gran Buenos Aires, VACCARO HNOS.

Capítulo Uno

–Por fin nos encontramos, señora Ford –Flynn Donovan clavó sus ojos oscuros en unos fantásticos, cautivadores ojos azules. Y, en ese instante, la deseó. Con una pasión tan absurda como inesperada.

La mujer pareció alarmada, pero después, enseguida, recuperó su aparente tranquilidad.

–Siento molestarlo…

¿Molestarlo? Danielle Ford irradiaba un atractivo sexual que lo tenía agarrado por… el cuello.

–Señor Donovan, me envió usted una carta exigiendo el pago de un préstamo que, según dice, mi marido y yo…

De repente, Flynn se puso furioso con ella por ser tan hermosa por fuera y tan deshonesta por dentro. Conocía bien a ese tipo de mujer. Robert Ford le había dicho que su esposa era una fantástica actriz y que, con su aspecto «inocente», podía sacarle a un hombre todo lo que tuviera.

Él no era tan tonto como para creer todas las cosas que decía Robert Ford, pero una mujer que había estado casada con ese tramposo tenía que ser una tramposa también.

–Se refiere a su difunto marido, supongo.

–Mi difunto marido, sí –asintió ella–. Sobre esa carta… dice que le debo doscientos mil dólares, pero no sé a qué se refiere.

–Venga, señora Ford. Lo que ha pensado es que podría convencerme para no pagar la deuda que tiene contraída con mi empresa.

Danielle Ford parpadeó, confusa.

–Pero es que yo no sé nada de esa deuda. Tiene que ser un error.

¿Y él tenía que creer eso?

–No se haga la tonta.

Sus mejillas se cubrieron de rubor, dándole un aspecto inocente. O culpable. Aunque una persona solo podía sentirse culpable si tenía conciencia. Y dudaba de que aquella mujer la tuviera.

–Le aseguro que no me estoy haciendo la tonta, señor Donovan.

–Su marido nos aseguró también que nos

pagaría el dinero que le prestamos –Flynn empujó unos papeles hacia ella–. ¿No es esta su firma, al lado de la firma de su marido?

Ella dio un paso adelante para mirar el papel y se puso pálida.

–Parece mi firma, pero…

«Ah, ahora va a decir que ella no lo ha firmado». Robert tenía razón sobre su mujer. No iba a admitir nada, ni siquiera teniendo enfrente la prueba de su culpabilidad.

–Es su firma, señora Ford. Y me debe doscientos mil dólares.

–Pero yo no tengo ese dinero.

Flynn lo sabía. Después de una exhaustiva investigación había descubierto que tenía exactamente cinco mil dólares en una cuenta allí, en Darwin. El resto eran cuentas vacías repartidas por toda Australia. Y empezaba a sentir pena por el pobre hombre que se había casado con ella.

Claro que era preciosa.

Y ese cuerpo…

Flynn admiró el sencillo vestido rosa con chaqueta a juego y las torneadas piernas.

Bonitas.

Muy bonitas.

Estaría muy seductora en una bañera llena de espuma, con una rodilla levantada, el agua cubriéndole justo a la altura del pecho. La imagen lo excitó sobremanera. Sí, necesitaba una mujer, pensó.

Aquella mujer.

–Entonces quizá podamos llegar a un compromiso –dijo, echándose hacia atrás en el sillón.

–Quizá podría pagarle poco a poco. Tardaré algún tiempo, pero…

–No es suficiente –la interrumpió él. Solo había una manera de pagarle.

–¿Entonces?

–Tendrá que ofrecerme algo mejor.

–No le entiendo…

–Es usted una mujer bellísima, señora Ford.

Ella levantó los ojos un momento y Flynn vio el latido de una venita en su cuello.

–Soy viuda desde hace dos meses, señor Donovan. ¿Es que no tiene usted vergüenza?

–Aparentemente, no –contestó él.

–Pero debe decirme cómo puedo pagarle. Ahora mismo no tengo dinero.

Ah, sí. Dinero. Eso era lo único que le importaba.

–Lo siento, pero no voy a darle un céntimo hasta que me haya pagado el total de la deuda.

–¿Darme dinero? Yo no quería decir…

–Sí quería decir.

Ella pareció atrapada un momento, pero enseguida se recompuso.

–Sí, claro, por supuesto. Aceptaré todo el dinero que me dé. Eso es lo mío, ¿no?

–Sí, es usted buena sacando dinero a los hombres.

–Me alegro de que pueda leer mis pensamientos. Y espero que pueda leer lo que estoy pensando en este momento.

–Una señora no debería pensar esas palabrotas –sonrió Flynn.

–Una señora no debería tener que soportar un chantaje.

–Chantaje es una palabra muy fea, Danielle –Flynn deslizó su nombre como le gustaría deslizarse sobre ella en la cama–. Yo solo quiero lo que es mío.

Y aquella mujer debía ser suya.

Ella apretó los labios con fuerza.

–No, usted quiere venganza. Lo siento, pero no puede culparme a mí por los errores de mi marido.

–¿Y tus errores, Danielle? Tú misma firmaste este documento, ¿no es así? De modo que estás obligada a devolver lo que has pedido.

–¿Con mi dinero o con mi cuerpo?

Él levantó una ceja.

–Me pregunto cuántas noches tropicales pueden comprar doscientos mil dólares... quizá tres meses.

Cara, sí, pero él pagaría esa cantidad por una sola noche con ella.

Danielle lo miró, incrédula.

–¡Tres meses! ¿Pretende que me acueste con usted durante tres meses?

Flynn miró su boca. Tan perfecta.

–¿Te parece mucho tiempo? Te garantizo que no sería tan difícil –contestó, mientras la fragancia de su delicado perfume le llegaba desde el otro lado de la mesa–. Pero no es eso; tengo muchos compromisos y me vendría bien contar con una... una acompañante.

Danielle se levantó.

–Señor Donovan, está soñando si cree que voy a entregarle mi tiempo... o mi cuerpo a un hombre como usted. Le sugiero que busque una mujer que agradezca su compañía.

Y después de decir eso se dio la vuelta y salió del despacho.

Flynn la observó con expresión cínica. Luego se levantó del sillón para mirar el puerto desde el ventanal de Donovan Towers. Le había gustado su respuesta, por falsa que fuera. Sí, Danielle Ford era muy diferente a las mujeres con las que había salido últimamente, que lo dejaban frío con su desenvoltura para meterse en la cama.

Pero Danielle era más una pecadora que una santa. Su resistencia solo era un juego, uno al que ya había jugado con su marido.

Por lo que le había dicho Robert Ford, ella lo había obligado a gastar grandes sumas durante su matrimonio, aunque dudaba que Robert hubiera necesitado que nadie lo empujase. Evidentemente, se merecían el uno al otro. No, no olvidaría que había sido de Robert Ford y que, entre los dos, le debían doscientos mil dólares. Eran tal para cual.

Murmurando una palabrota, Flynn volvió a su escritorio sabiendo que tenía una mañana de videoconferencias con el personal de Sídney y Tokio. Y, sin embargo, por una vez, no le apetecía trabajar. Ni siquiera lo animaba la adquisición que haría al día siguiente. Preferiría otro tipo de adquisición, la de una mujer de preciosos ojos azules, pelo dorado y cuerpo de pecado.

A pesar de sus protestas, la convertiría en su amante. Y, sin duda, ella vendería su alma por la oportunidad de compartir sus millones.

Danielle seguía temblando cuando entró en su apartamento. Vivía en un paraíso tropical, en Darwin, una vibrante capital al norte de Australia, pero ahora había una serpiente en el paraíso llamada Flynn Donovan.

Debía estar loco si pensaba que iba a pagar las deudas de Robert con su cuerpo.

Las deudas de Robert y las suyas.

Tragando saliva, se dejó caer sobre el sofá de piel negra. ¿Por qué habría falsificado Robert su firma en aquel documento? Porque era una falsificación. Incluso recordaba cuando su difunto marido intentó convencerla para que firmase cierto documento. Le dijo que era una cuestión de negocios y que necesitaba su firma... pero no quiso explicarle qué era y ella se sintió incómoda, de modo que decidió perderlo. No había vuelto a oír nada más sobre el asunto. Una pena que no lo hubiera leído antes de tirarlo.

¡Doscientos mil dólares! ¿Para qué los querría? ¿Lo habría hecho más veces? Eso hizo que se preguntara si de verdad conocía a su marido.

Aunque Flynn Donovan no la habría creído si le hubiera contado la verdad. Evidentemente, pensaba que era tan culpable como Robert.

Danielle tuvo que parpadear para contener las lágrimas. Aquel debía ser un nuevo principio para ella. Después de tres años soportando a Robert y a su madre, por fin era libre y por fin podía vivir sola. Vivir con su suegra había sido horrible, pero tras la muerte de Robert, Monica había intentado manipularla como había manipulado a su «Robbie». Y, sintiendo compasión por ella, Danielle se había dejado manipular demasiadas veces.

Pero, al final, decidió que ya era suficiente. Un amigo de Robert le había ofrecido aquel ático por un alquiler irrisorio y firmar el contrato le había quitado un peso de encima. Era un sitio precioso y se sentía feliz allí. Le encantaban el espacioso salón, la cocina y la terraza, que daba al mar. Rodeada de tal belleza sintió que podía respirar otra vez. Sí, eso era exactamente lo que necesitaba y, además, era solo suyo. Durante un año, al menos.

Y ahora esto.

Ahora le debía doscientos mil dólares a la compañía Donovan y no sabía cómo iba a pagarlos. Pero los pagaría. No se sentiría bien si no lo hiciera. Robert había pedido el dinero prestado y ella era su viuda…

Pero los cinco mil dólares que había ahorrado de su trabajo a tiempo parcial no eran nada. Y no pensaba darle ese dinero a Donovan. No podía hacerlo. Era la única seguridad que tenía, en una cuenta de la que Robert no sabía nada. Afortunadamente. Él no quería que fuese independiente, de modo que había tenido que pelear mucho con Robert y con su madre para conservar su trabajo.

Tendría que encontrar alguna manera de pagar ese dinero, pero no acostándose con Flynn Donovan. Aunque no podía negar que su corazón se había acelerado al verlo.

El magnate era muy bien parecido. Más que eso, tenía unos rasgos tan masculinos que acelerarían el corazón de cualquier mujer.

Alto, fuerte, sexy. Con unos hombros que a una mujer le gustaría acariciar y un espeso pelo oscuro en el que una mujer querría enterrar los dedos.

Quizá algunas mujeres no habrían dudado en acostarse con un hombre de preciosos ojos negros, boca firme y aspecto descaradamente sensual. Pero para ella era una cuestión de supervivencia.

Flynn Donovan era uno de esos hombres que daba una orden y esperaba que todo el mundo la obedeciera al instante. Pero ella había pasado tres años sintiéndose asfixiada por un hombre que quería controlarla en todo momento y no pensaba volver a mantener una relación así… por mucho dinero que tuviera Flynn Donovan.

Capítulo Dos

Danielle acababa de inclinarse para recoger unos cristales del suelo cuando sonó el timbre. Sobresaltada, se cortó un dedo y, sin pensar, se lo llevó a la boca como cuando era niña. Afortunadamente, era un corte pequeño.

El pesado marco que le había caído en la cabeza mientras estaba intentando colocarlo ya le había provocado un chichón. Le daban ganas de tirarlo a la basura.

Pero todo eso quedó olvidado cuando abrió la puerta y se encontró a Flynn Donovan al otro lado, con un traje de chaqueta que, evidentemente, estaba hecho a medida.

–He oído ruido de cristales rotos –dijo él, sin preámbulos, mirándola de arriba abajo.

Era una mirada seductora, sensual… y Danielle sacudió la cabeza, recordando quién era aquel hombre y qué quería de ella. Como mínimo, querría dinero.

Y en el peor de los casos…

–¿Cómo ha entrado en el edificio? Se supone que el código de seguridad sirve para alejar a los indeseables.

–Tengo mis contactos –respondió él, con la arrogancia de los hombres muy ricos–. ¿Y los cristales rotos?

–Se me ha caído un cuadro.

–¿Te has hecho daño?

–No, un cortecito nada más –Danielle levantó el dedo para enseñárselo, pero al ver que el pañuelo estaba manchado de sangre se asustó.

–Eso no es un cortecito –murmuró él, tomando su mano.

Ella intentó apartarse, intentó que no le gustase el roce de su piel, pero Flynn no la soltaba.

–No me habría cortado si usted no hubiera llamado al timbre. Estaba recogiendo los cristales.

–La próxima vez dejaré que te desangres –murmuró él, quitándole el pañuelo para observar la herida–. No creo que tengan que darte puntos. ¿Alguna otra herida?

«Dile que no, dile que se vaya».

–Solo un chichón en la cabeza.

–A ver, enséñamelo.

–No es nada…

–Está sangrando.

Danielle tragó saliva.

–Me lo curaré ahora mismo.

–¿Dónde tienes el botiquín?

–En la cocina, pero…

Flynn la tomó del brazo.

–Vamos a limpiar la herida.

–Señor Donovan, supongo que tendrá cosas mejores que hacer que jugar conmigo a los médicos.

Él la miró entonces. No tenía que decir en voz alta lo que pensaba.

En cuanto llegaron a la cocina y Danielle sacó la cajita que hacía las veces de botiquín, Flynn empezó a buscar un algodón y ella aprovechó para apartarse un poco. Y para respirar.

–Siéntate en ese taburete, bajo la lámpara. Así podré verte mejor.

Eso era lo que Danielle se temía. Pero, con el corazón golpeando contra sus costillas, decidió no protestar. Lo mejor sería acabar con aquello lo antes posible.

Flynn se acercó, la bola de algodón que tenía en la mano en contraste con lo bronceado de su piel. Olía a una cara colonia masculina. Lo había notado cuando entró en su casa, pero el aroma se había intensificado ahora que estaban tan cerca.

Danielle dio un salto cuando él apartó un mechón de pelo de su frente y empezó a rozar la herida con el algodón. El roce era suave, pero firme, como debía ser el roce de un hombre. ¿Sería igual en la cama? Oh, sí, él sabría cómo encender a una mujer…

–Señor Donovan…

–Flynn –la interrumpió él.

–Señor Donovan, creo que…

–¿Cuánto tiempo tardarías en hacer la maleta?

–¿Cómo?

–Para ir a Tahití. Tengo que ir allí en viaje de negocios y mi jet está esperando en el aeropuerto. Podemos irnos en una hora.

–¿Tahití? –repitió ella, sin entender.

–Tengo una casa allí. Nadie nos molestará.

¿De verdad creía Flynn Donovan que ella haría algo así?

–¿Se puede saber quién cree que es? ¿Cree que puede hacerme saltar con solo chasquear los dedos? Lo siento, puede que sus amigas hagan eso, pero yo no.

–Vamos, Danielle. ¿A quién quieres engañar?

–¡El único que está intentando engañar a alguien es usted!

Flynn apretó los labios.

–No me subestimes, no soy tonto.

Danielle intentó mantenerse firme. Era un millonario, un hombre poderoso, y creía que ella le debía dinero. Y aunque querría negarlo, sabía que Flynn Donovan podía hacerle la vida imposible. Y no podía permitírselo. Tenía que pensar en otra persona además de en ella misma.

–Señor Donovan… yo no me acuesto con hombres a los que no conozco.

–No es eso lo que tu marido me contó.

Todo el color desapareció de su cara.

–Veo que no te gusta que te descubran –sonrió él.

¿Robert… su marido… el hombre con el que había estado casada durante tres años le había contado esa horrible mentira a Flynn Donovan? ¿Por qué?

–¿Qué le dijo exactamente Robert?

–Que te casaste con él por su dinero. Y que te lo gastaste mientras te acostabas con unos y con otros.

Afortunadamente, Danielle estaba sentada en el taburete o se habría caído redonda al suelo.

¿Cómo podía Robert haber dicho esas cosas sobre ella?

Creía amarlo cuando se casó con él. Y jamás, jamás se había acostado con otro hombre ni se había gastado su dinero. Nunca.

Entonces miró a Flynn Donovan. En ese momento odiaba a Robert por sus mentiras, pero lo odiaba a él mucho más por su falta de sensibilidad.

–Ya veo. Y, obviamente, usted lo creyó.

–Robert me explicó sus razones para pedir el préstamo, pero la verdad es que no me preocupaban mucho las referencias.

–Pero le prestó el dinero basándose en esas referencias –replicó ella, su voz increíblemente pausada considerando la angustia que sentía.

–No, se lo prestamos porque iba a recibir una herencia y pronto podría devolverlo. Nos pareció una operación factible. El problema es que tú te gastaste el dinero de la herencia antes de que Robert pudiese tocarlo.

¿Que ella se había gastado el dinero?

Danielle recordó entonces que Robert había dicho algo sobre una herencia de una de sus tías…

Que se hubiera gastado ese dinero además de los doscientos mil dólares dejaba claro lo irresponsable que había sido.

¿Y Monica? ¿Habría sabido ella algo? No, seguramente no. Su suegra era una mujer acomodada y nunca hablaba de esos temas. Además, seguramente nunca habría sospechado que su hijo tenía un serio problema con el dinero.

Ella tampoco había sospechado nada. Pero una cosa estaba clara: nadie la creería.

–¿Por qué lo niegas? Vuestro coche cuesta cincuenta mil dólares, por no hablar de los frecuentes viajes a Europa, las compras… y vuestras tarjetas de crédito están al límite.

¿Viajes a Europa, compras? ¿Alguien había robado su identidad? Desde luego, ella no había hecho todas esas cosas. Era Robert quien…

Oh, no. ¿Eso era lo que hacía su marido durante sus frecuentes «viajes de trabajo», en los que prefería que ella se quedara para hacerle compañía a su madre?

En cuanto al coche, no sabía lo que valía. Robert siempre parecía tener dinero y, que ella supiera, el coche estaba solo a su nombre.

Entonces se le ocurrió algo. Los viajes, las compras… eso era algo que un hombre no haría solo.

¿Le habría sido Robert infiel? ¿Habría vivido una doble vida?

¿Y por qué eso no le dolía como creía que debía dolerle?

De repente, el rostro de Flynn estaba delante de ella, devolviéndola al presente.

Danielle se echó un poco hacia atrás cuando tomó su mano para ponerle antiséptico en la herida. La ternura de sus gestos la confundía. ¿Cómo podía ser tan dulce y tan duro de corazón a la vez?

Pero no pensaba mostrarse insegura, porque Flynn Donovan se aprovecharía de eso.

–Señor Donovan, usted cree que solo quiero su dinero y, sin embargo, está dispuesto a llevarme de viaje. Eso no tiene sentido.

–Tiene mucho sentido –murmuró él, levantándole la barbilla con un dedo. Luego empezó a inclinar la cabeza y Danielle levantó la suya dispuesta a... dispuesta a...

Dios Santo, ¿qué estaba haciendo?

–No pienso ir con usted –le espetó, atónita por lo cerca que había estado de besarlo.

–¿Ah, no? –replicó Flynn, arrogante.

–¿Le importaría marcharse? Estoy esperando a... un amigo.

–No, tú no tienes ningún... amigo.

–¿Y usted qué sabe?

–A lo mejor he estado haciendo averiguaciones –sonrió Flynn–. Pero no he tenido que hacerlo. Un hombre sabe esas cosas. Tiemblas cuando te toco... –Flynn rozó su brazo con un dedo–. ¿Lo ves?

–De repulsión.

Él soltó una carcajada.

–Ninguna mujer me había dicho eso antes.

–Pues será mejor que se vaya acostumbrando.

–¿Por qué? ¿Esperas que te toque mucho? No, será mejor que tú te acostumbres a temblar. Porque pienso hacerte temblar... a menudo.

–Deje de jugar conmigo...

–Ah, pero es que el juego acaba de empezar. Me debes dinero y pienso recuperarlo.

–¿Ahora mismo?

–No, prefiero esperar y saborearte con tiempo, a mi ritmo.

Danielle se quedó sin aliento.

–No soy un pastel.

–¿No? Pues yo diría que estarás muy rica a mordisquitos.

–Le aseguro que acabaría envenenándose.

–Pero antes lo habría pasado bien –sonrió Flynn, irónico–. Como tú. Gasta ahora, paga después. Ese es tu lema, ¿no? A saber a cuánta gente has intentando engañar.

Danielle se puso rígida. Ella no había intentando engañar a nadie en toda su vida. Siempre había sido considerada, seria y leal. Incluso con Robert. Había seguido con él a pesar de los problemas de su relación porque creía en las promesas del matrimonio.

Claro que no sabía que Robert no se había tomado las suyas en serio.

–¿No tienes nada que decir?

¿Se atrevía a contarle la verdad? ¿Se pondría Flynn aún más furioso cuando supiera que no podía tenerla? ¿Y por qué no podía tenerla?

¿Se volvería vengativo, como Robert cuando no se salía con la suya?

–Señor Donovan…

–Flynn.

–Flynn –repitió Danielle, concediéndole ese punto para no discutir–. Lo siento, pero no pienso compartir su cama.

–¿No? ¿Por qué no?

La insolencia que había en su mirada hacía que se le encogiera el corazón.

Danielle bajó del taburete y, al hacerlo, se llevó una mano a los riñones. Le dolían, pero era de esperar.

–¿Estás embarazada? –exclamó Flynn entonces.

Ella lo miró, perpleja. ¿Cómo lo había sabido? Aún no se le notaba nada. Pero quizá era lo mejor. Quizá saber que iba a ser madre sería más efectivo que todas las explicaciones del mundo.

Sin darse cuenta, Danielle se llevó una mano al abdomen, como para protegerse.

–Eso es lo que quería decirle.

Él la miró durante largo rato y después se apartó, rígido, su rostro una máscara de desprecio.

–Ahora lo entiendo todo. Por eso no querías acostarte conmigo. Quieres algo más.

–¿Más de qué?

–Un certificado de matrimonio, por ejemplo.

–Está usted loco –consiguió decir Danielle.

–Te has gastado el dinero de tu marido y ahora estás buscando otro primo. ¿Y qué mejor para encontrar compasión que hacer el papel de doliente viuda que espera un hijo y no tiene un céntimo? Pobre, preciosa Danielle... La mayoría de los hombres daría lo que fuera por poseerte y estar embarazada te hace aún más atractiva para algunos –Flynn la miró de arriba abajo, furioso–. ¿Es hijo de tu difunto marido?

Ella estaba horrorizada. ¿Cómo se atrevía a hablarle de esa forma?

–No tiene ningún derecho a hacerme esa pregunta, pero sí, lo es.

–¿Robert lo sabía?

No era asunto de Flynn Donovan, pero Danielle asintió con la cabeza.

Robert se había mostrado encantado con la noticia, aunque el embarazo había sido un accidente. Ella no quería tener hijos hasta que las cosas mejorasen entre ellos, pero debió olvidarse de tomar la píldora algún día…

Naturalmente, al principio temió la reacción de Robert. No porque no quisiera al niño, sino porque Monica y su marido querían a los demás de una forma asfixiante. Pero sabía que ella podría controlar eso y había empezado a sentirse feliz también. Su hijo llevaría algo de alegría a sus vidas.

Y lo haría de todas formas, pensó.

–Señor Donovan, deje que le aclare una cosa: no tengo intención de buscar un padre para mi hijo. Y aunque la tuviera, no sería usted, se lo aseguro. Mi hijo merece algo mejor que un hombre que tiene un talonario por corazón.

–No me conoces, Danielle. Si ese fuera mi hijo, no tendrías alternativa.

Y después de decir eso, salió del apartamento.

Danielle se quedó donde estaba, con los ojos empañados. ¿Cómo podía su marido haber contado esa sarta de mentiras sobre ella? Jamás habría pensado que le podía pasar algo así.

El día anterior no conocía a Flynn Donovan y pensó que la carta sobre el préstamo era un error. Ahora había sido acusada no solo de engañar a su marido y gastarse su dinero, sino de haber quedado embarazada de forma calculada...

Estaba claro que Donovan no tenía una gran opinión sobre ella. Pues muy bien, tampoco ella tenía una gran opinión sobre el magnate que, seguramente, la demandaría por impago.

Pero encontraría alguna forma de pagar ese dinero, se dijo. ¿Cómo podía disfrutar de su independencia sabiendo que su marido había robado doscientos mil dólares?

Y tenía mucho que perder si no lo hacía.

De repente, Danielle pensó que Monica se enteraría de todo. Y si la madre de Robert sabía lo del préstamo intentaría quitarle la custodia del niño. Sí, lo haría. Danielle estaba absolutamente segura. Su suegra quería... no, necesitaba a alguien que reemplazase a Robert... ¿y quién mejor que su nieto?

Si Flynn Donovan creía que ella se había gastado el dinero, Monica lo creería también. Si la demandaba por la custodia del niño, podría declarar que no la creía una madre responsable. ¿Y cómo iba a demostrar ella que esa no era su firma? Su suegra solo necesitaría un juez compasivo… o uno corrupto.

El corazón de Danielle se encogió de tal modo que tenía dificultades para respirar. No podía arriesgarse a perder a su hijo. No podía hacerlo.

Capítulo Tres

La vida raramente tomaba a Flynn por sorpresa, pero cuando lo hacía no le gustaba nada. Danielle Ford iba a tener un hijo. Y él no quería saber nada de mujeres embarazadas. A una mujer embarazada podría pasarle cualquier cosa.

A su madre le había pasado.

Aún la recordaba llamándolo mientras él jugaba bajo un roble con Brant y Damien... El mismo roble que seguía en pie no lejos de allí.

Flynn había entrado en casa y la encontró cubierta de sangre.

–El niño está a punto de nacer –le había dicho su madre, casi sin voz–. Ve a buscar a la tía Rose.

Más asustado que nunca en sus cinco años de vida, Flynn corrió tan rápido como le permitían sus piernecillas. Después de eso, solo recordaba la sirena de la ambulancia y un montón de gente. Él se quedó detrás, viendo cómo a su madre se le iba la vida…

Pero no quería pensar en ello. Era demasiado doloroso.

Tenía que concentrarse en el presente y eso ya no incluía a Danielle Ford. Podía olvidarse del dinero que le debía. Olvidarse e ir a buscar a otro pobre tonto que la mantuviese. En cuanto a él, Danielle había dejado de existir.

Una pena que pasar el próximo fin de semana en su apartamento de Sídney, desde el que podía disfrutar de una hermosa panorámica del puerto y de la Ópera, no le apeteciera nada. Le faltaba algo.

O alguien.

Él nunca había dejado que una mujer lo afectase de esa manera. Tenía muchas amigas que lo habían intentado todo para casarse con él, pero Danielle Ford había elegido una manera diferente de llamar su atención.

Desgraciadamente para ella había ejercido el efecto contrario al que esperaba. Porque lo único que él no haría nunca sería mantener relaciones con una mujer embarazada.

No porque las mujeres embarazadas no fueran bonitas. Había visto a algunas de quitar el hipo y, afortunadamente, ninguno de esos niños era responsabilidad suya. Pero había decidido años atrás que jamás arriesgaría la vida de una mujer por culpa de un embarazo.

Entonces, ¿por qué no podía dejar de pensar en ella? Una mujer con la que ni siquiera se había acostado...

Quizá era por eso.

Pero Danielle solo era una mujer. Habría muchas más, se dijo. Aunque no serían más que las pobres sustitutas de una fascinante hechicera... una bruja, una tramposa, se recordó a sí mismo.

Definitivamente, tenía que dejar de pensar en una rubia de largas piernas y ojos azules desnuda sobre su cama...

La semana siguiente, después de una comida con el alcalde, su ayudante personal entró en el despacho con expresión furiosa. Y Connie no solía perder la calma. Era una de las cosas que más apreciaba de ella.

–Han traído esto –dijo, con los labios apretados, dejando un sobre encima de su mesa–. Es para ti.

–¿Y?

Connie lanzó sobre él una mirada de desaprobación.

–Es de la señora Ford.

–¿De Danielle?

–Sí.

–¿No te cae bien? –preguntó Flynn.

–¿Por qué no iba a caerme bien? Es agradable, educada. Pero lo mejor será que leas la carta.

–Gracias, Connie. Déjala ahí, luego la leeré.

Su ayudante pareció a punto de decir algo más, pero después lo pensó mejor y salió del despacho.

Por un momento Flynn se quedó inmóvil, observando aquella letra tan femenina. Las iniciales de su nombre tenían una especie de ricitos… era como el eco de su voz, llamándolo.

Y cómo le gustaría oír esa voz ronca suya…

¿Aquella mujer no sabía cuándo debía rendirse?

Flynn, que nunca dejaba las tareas desagradables para otro día, sacó la nota que había dentro del sobre y empezó a leer:

Querido señor Donovan,

Adjunto le remito un cheque por cien dólares como primer pago de la deuda de doscientos mil que mi difunto marido contrajo con su empresa. Le pido disculpas si esta forma de pago le parece inaceptable, pero debido a mi embarazo no puedo buscar otro trabajo además del que ya tengo. Por favor, tome esto como una confirmación oficial de que estoy dispuesta a pagar la totalidad del préstamo en el menor plazo posible.

Cordialmente,

Danielle Ford

Flynn tiró la carta sobre la mesa. Ahora entendía que Connie estuviese enfadada con él. Las palabras de Danielle lo hacían parecer un ogro.

Evidentemente, esa era su forma de manipular. Y ahora el embarazo la hacía parecer una pobre víctima.

En cuanto a su supuesto trabajo, seguramente sería un puesto de voluntaria; algo que hacía una vez al mes para quedar bien. Algo que le daría una pátina de respetabilidad sin tener que ensuciarse las manos, decidió, rasgando el cheque y tirándolo a la papelera.

No pensaba contestar y, con toda seguridad, ella se olvidaría del asunto. Lo haría en cuanto se diera cuenta de que no iba a ir a buscarla con una varita mágica en una mano y un talonario en la otra.

Pero a la semana siguiente recibió otro cheque, esta vez sin carta.

–Otro cheque –le dijo Connie, tirando el sobre encima de su mesa con muy mal humor, como si todo aquello fuera culpa suya–. Y aquí está mi renuncia.

–¿Qué? –exclamó Flynn–. ¿Qué... pero qué?

–Me temo que no puedo seguir trabajando para ti, Flynn.

–¿Pero... por qué? ¿Vas a tirar por la ventana cinco años de trabajo conmigo por una... una mujer que me debe dinero?

–Sí.

Flynn sabía que las mujeres eran impredecibles, pero nunca habría pensado que Connie...

–Ella no lo merece.

–Yo creo que sí. Es una señora, Flynn. Se merece algo mejor que esto.

No, Danielle Ford era una experta en engañar a los demás. Aunque debía admitir que no mucha gente engañaba a Connie. Y eso demostraba que su ayudante no era infalible.

–Me debe mucho dinero.

–Supongo que tendrá sus razones.

–¿Razones? Sí, que se gasta más del que tiene.

–Me da igual. Una mujer embarazada no debería pasar por esto. Y no debería tener que buscar un segundo trabajo.

–Entonces quizá no debería haber pedido dinero prestado.

–Puede ser, pero está intentando devolvértelo, ¿no? Mira, su marido ha muerto, está embarazada y tiene una deuda que, por el momento, no puede pagar. Eso podría afectar a su salud, Flynn.

–No es culpa mía –murmuró él. No pensaba cargar con ese peso sobre sus hombros.

–Mira, nunca te he contado esto, pero yo estuve embarazada una vez.

Flynn arrugó el ceño. Nunca habían hablado de su vida privada. Connie trabajaba tantas horas en la oficina que siempre había pensado que vivía sola.

–No sabía que estuvieras casada.

–Nunca he estado casada –contestó ella–. Espero que eso no cambie tu opinión sobre mí.

–¿Cómo puedes decir eso, Connie? Pues claro que no voy a cambiar de opinión sobre ti.

–Pues deja que te hable de mi hijo. Lo perdí antes de que naciera. Fue un embarazo muy difícil, no tenía familia y el hombre del que estaba enamorada se marchó para no volver jamás antes de saber que iba a tener un hijo. Yo era demasiado orgullosa para aceptar caridad, pero cuando pierdes un hijo… –la voz de Connie empezó a temblar– cuando ya no tienes ese niño dentro de ti y sabes que nunca podrás abrazarlo… si no tienes más remedio, aceptas lo que te ofrezcan.

Flynn recordó a su madre. Y pensar que Connie había pasado por lo mismo…

–Guárdate esa renuncia, anda. Voy a ir a verla.

No podía dejarlo todo inmediatamente, claro, pero unas horas después por fin fue a ver a

Danielle Ford, con los documentos del préstamo en el bolsillo. Sabía que estaba cayendo en su trampa, pero lo haría por Connie.

Aunque estaba claro que Danielle quería llamar su atención desesperadamente, él estaba decidido a no prestársela. Al menos, no como ella quería.

Pero no se quejaría cuando oyese lo que tenía que decirle. Porque iba a cancelar la deuda. En realidad, la preciosa rubia se había salido con la suya.

Cuando entraba en su calle, un idiota en un coche rojo cambió de carril sin poner el intermitente y luego pisó bruscamente el freno delante del edificio de Danielle.

Flynn pisó el freno a su vez y salió del Mercedes, indignado.

Pero era Danielle quien iba sentada en el asiento del pasajero. Reconocería su perfil en cualquier parte.

Enseguida vio al tipo que iba con ella, el brazo tatuado fuera de la ventanilla. Parecía recién salido de la cárcel y el vehículo debía haber visto muchas borracheras. El maletero tenía un enorme arañazo y sobre la rueda izquierda había una abolladura del tamaño de un campo de fútbol. Y había un cartel de «se vende» en la ventanilla trasera…

¿Qué vería Danielle en aquel hombre? ¿Y por qué querría comprar un coche como aquel? Vivía en un lujoso ático con una fantástica vista del puerto y el mar de Timor…

Entonces lo entendió. Danielle había sabido que iría a verla aquella tarde y lo había preparado todo para darle pena. Seguramente pensaría que así iba a cazarlo. Flynn apretó los dientes. Pues tenía tantas posibilidades de cazarlo como de que nevase allí, en Darwin.

Iba a arrancar de nuevo cuando recordó la promesa que le había hecho a Connie. Si volvía al despacho sin hablar con Danielle, su ayudante se despediría y él tardaría meses en encontrar a alguien tan eficiente. Además, la echaría de menos.

Justo entonces Danielle abrió la puerta del coche. Contra su voluntad, el pulso de Flynn se aceleró al ver unas elegantes sandalias blancas que pegarían más en un Mercedes que en aquel cacharro. Pero fue el tambaleante tipejo que salía del coche lo que llamó su atención.

Allí estaba pasando algo.

Algo no estaba bien.

El instinto le dijo que aquello no era parte del plan de Danielle.

Danielle se llevó una mano al estómago, como para comprobar que seguía allí y no lo había perdido en la autopista. Y, para rematar la faena, el tal Turbo le había dado un susto de muerte cambiando de carril repentinamente para frenar de golpe frente a su edificio.

Por nada del mundo compraría aquel coche, por muy barato que fuera. No iba a gastarse parte de sus preciosos ahorros para llevar a su niño en una bomba de relojería. Prefería tomar el autobús, como había hecho hasta aquel momento, para ayudar a Angie en la boutique. Claro que cuando tuviese el niño tendría que parar antes en la guardería…

–Lo siento, pero esto no es lo que estaba buscando –se disculpó.

–Podría rebajarle doscientos dólares –dijo el chico, sin disimular su desesperación.

Danielle no quería pensar para qué necesitaría el dinero. Había algo en él que le resultaba profundamente desagradable. Desde luego, había hecho una tontería subiendo al coche con aquel desconocido, aunque Angie le hubiera dicho que era amigo de un amigo.

–No es lo que busco, Turbo.

–Pero me dijo…

–La señora no está interesada –oyó entonces una voz masculina. Danielle volvió la cabeza y se encontró de frente con Flynn Donovan, con cara de pocos amigos.

Turbo cerró la boca al ver a Flynn. De repente, el chico parecía más delgado, más bajito.

A Danielle casi le dio pena entonces. Los tatuajes, el *piercing* y el diente que le faltaba no eran más que un disfraz para que la gente no se fijase en su cara cubierta de acné y en su aspecto enclenque.

Flynn dio un amenazador paso adelante y el chico lo miró, asustado. ¿No se daba cuenta de que no era más que un crío?

–Flynn, no…

–Olvídelo, señora –la interrumpió Turbo, arrancando a toda prisa y dejando atrás una estela de humo negro.

–No hacía falta que hiciera eso –suspiró Danielle.

–Yo creo que sí.

–Yo podría haberlo solucionado. No era peligroso.

–¿Ah, no? Puede que ya no te acuerdes, pero estás embarazada.

–Sé cuáles son las partes más sensibles de un hombre, no se preocupe.

–Evidentemente –murmuró Flynn, deslizando la mirada desde el ajustado top de flores a los pantalones pirata blancos.

–Señor Donovan, que esté embarazada no significa que no pueda defenderme sola.

–Me alegra saberlo.

Ella dejó escapar un suspiro.

–Ah, claro. Es usted uno de esos hombres que siempre interfieren en los asuntos de las mujeres. Pues le agradecería que, en el futuro, se metiera en sus cosas.

–Eso pienso hacer. Después de esto –dijo Flynn, tomándola del brazo.

–¿Qué hace?

–Apartarte de la calle para que no te pille un coche.

Danielle estaba a punto de replicar con alguna ironía, pero de repente empezó a sentirse mal. Se le doblaron las piernas y se le iba la cabeza… y tuvo que agarrarse a Flynn.

–¿Danielle?

–Estoy bien… es que me he mareado un poco…

–Vamos arriba.

Tomándola en brazos, Flynn marcó el código de seguridad que había memorizado en su última visita y entró en el edificio. Una vez en su apartamento, la dejó suavemente sobre el sofá.

–No te muevas –murmuró, sacando el móvil del bolsillo.

–¿Qué hace?

–Llamar al médico.

–¿Por qué? No hace falta, estoy bien –Danielle intentó incorporarse, pero Flynn se lo impidió.

–Necesitas atención médica –insistió, ayudándola a sentarse. No pesaba nada, ni siquiera con el niño creciendo dentro de ella…

–Ha sido el humo del coche, nada más.

¿Cómo podía tomárselo con tanta tranquilidad? No quería ni pensar lo que podría haber pasado de no haber estado él allí. Nadie la habría oído gritar si aquel matón hubiera decidido hacerle daño.

–Has arriesgado tu vida tontamente.

–Un amigo mío me dio su nombre...

–¿Ah, sí? Genial. Así la policía habría sabido a quién buscar cuando encontrasen tu cuerpo. Eso si los cocodrilos no se lo hubieran comido antes.

–¿Ha pensado alguna vez escribir cuentos para niños? –le preguntó Danielle, irónica.

–La gente no va por ahí con un tatuaje en la frente que dice «cuidado: asesino».

–Si me hubiera sentido amenazada no habría ido con él. Tengo que proteger a mi hijo.

Flynn miró la mano que había puesto sobre su estómago y tragó saliva.

–Ese tipo no habría aceptado un no por respuesta.

–Sí, bueno... ¿vas a decirme qué haces aquí, Flynn?

Absorto en sus pensamientos, oír que Danielle pronunciaba su nombre de pila hizo que levantara la cabeza.

–He venido a darte algo.

–¿Ah, sí?

Flynn sacó los documentos del bolsillo de la chaqueta.

–Considera el préstamo pagado. Ya no me debes doscientos mil dólares.

–No lo entiendo.

–Claro que lo entiendes. La carta, los cheques, esa chatarra de coche... estabas intentando buscar mi compasión. ¿Por qué no lo admites?

–¿Qué?

–Venga, echa un vistazo a estos documentos. Puedes romperlos o guardarlos... haz lo que quieras, pero a partir de ahora vamos a seguir cada uno por nuestro lado.

Danielle tomó los papeles con manos temblorosas. Le temblaban porque sabía que era una mentirosa, se dijo Flynn.

–¿Y esto por qué? Estoy haciendo todo lo que puedo para pagar la deuda de mi marido y tú me acusas de usar subterfugios...

Ah, era muy convincente, pensó Flynn, pero sus acciones hablaban más claro que sus palabras. Estaba enfadada porque la había pillado.

–Conozco a las mujeres.

–No sé a qué clase de mujeres conocerás, pero tienes un ego inmenso –replicó ella.

–Dime en qué estoy equivocado. Dime cómo puedes pagar un apartamento como este, pero no tienes un coche decente.

Danielle lo miro, irónica.

–¿Quieres decir que no lo sabes todo sobre mis finanzas?

–Supongo que tendrás un amante o examante que paga tus gastos. ¿Qué más da? ¿Te has gastado todo el dinero que te ha dado y ahora no quiere comprarte un coche nuevo?

–Piensa lo que quieras.

–Lo haré, te lo aseguro.

–Por cierto, puedes meterte tu oferta…

–¿Sí?

–Pienso pagar ese préstamo aunque me lleve una vida entera.

Flynn sintió cierta admiración, hasta que recordó que aquello no era más que otra trampa para que creyese en su integridad. También había engañado a Robert al principio, se dijo.

Y se preguntó hasta dónde sería capaz de llegar para vivir una vida de lujos, lo mercenaria que podría ser. ¿Aceptaría un coche nuevo si se lo ofrecía? Quería demostrar que no estaba equivocado y, además, no le gustaba que tuviera que viajar en un coche viejo sabiendo que estaba embarazada.

Flynn miró su reloj. Tenía media hora para volver a la oficina, donde debía reunirse con un empresario extranjero. Aunque lo que realmente le apetecía era navegar por la costa para que el viento y el mar relajasen la tensión que sentía. Una tensión que era culpa de aquella mujer.

Se dirigió a la puerta, pero cuando estaba tomando el picaporte imaginó a Danielle desmayándose de nuevo. ¿Y si no podía levantarse? Quizá no podría llegar al teléfono…

–Cómprate un móvil. Nunca se sabe cuándo puedes necesitarlo.

–Vaya, me pregunto qué harían las mujeres embarazadas antes de que existieran los móviles –replicó ella.

Flynn apretó los dientes.

–Buena pregunta –murmuró, antes de salir.

Capítulo Cuatro

Todo en Flynn Donovan era tan intenso que Danielle decidió olvidar sus comentarios sobre móviles y mujeres embarazadas. No tenía ni idea de por qué la acusaba de querer quedarse con el dinero del préstamo y luego, de repente, aparecía para decirle que cancelaba la deuda.

Aunque ella no tenía intención de aceptar la oferta, claro. No, no, esa oferta iría con condiciones. Y estaba harta de que controlasen su vida.

Pero cuando un brillante coche verde llegó a su puerta, cortesía de la compañía Donovan, se quedó helada. ¿Sabría Flynn que era su cumpleaños? Y aunque lo supiera, ¿por qué haría algo así? Ahora ya no podía meterse en su cama. ¿Por qué gastarse dinero en ella si no quería algo a cambio? No tenía sentido.

Cuando iba hacia su oficina para devolverle

el coche, se le ocurrió algo terrible. ¿Querría Flynn jugar con ella como había hecho Robert? Su marido se volvía vengativo cuando no se salía con la suya y habría hecho algo así solo para herirla.

¿Sería aquella su manera de vengarse porque no podía llevársela a la cama? Afortunadamente, su ayudante no estaba en el vestíbulo del despacho y Danielle entró sin avisar.

Flynn levantó la mirada de unos papeles, pero ella no le dio la oportunidad de decir nada:

–Me acusas de quedarme con tu dinero y luego me regalas un coche. ¿A qué estás jugando?

–Danielle…

–Pues no, gracias, puedes quedarte con tu coche –lo interrumpió ella, tirando las llaves sobre la mesa–. No necesito tu ayuda. Puedo comprarme un coche yo solita.

–¿Ah, sí? Pues por lo que veo no lo estás haciendo muy bien.

–Eso es cosa mía.

–¿De verdad quieres conducir un cacharro como el de ayer?

–Sabes cómo jugar sucio, ¿verdad? ¿Qué quieres, Donovan?

–¿Por qué te pones tan difícil? –contestó él.

–¿Por qué no? ¿No es una manera de llamar tu atención?

–Mira, querías un coche, pues ya tienes un coche…

–Yo no te he pedido nada.

–No he dicho que me lo hayas pedido. Pero lo aceptarás de todas formas, ¿no? ¿Qué vas a hacer sin coche? Piensa en tu hijo.

A Danielle le gustaría tirarle las llaves a la cara, pero no podía permitírselo. O, más bien, aún no había tomado una decisión. Intentando tranquilizarse, dejó el bolso sobre la mesa y se acercó al tanque de peces tropicales. Por un momento, viendo a aquellos pececillos de colores moviéndose en el agua, sintió cierta afinidad con ellos. También ella estaba atrapada.

¿Podía tragarse el orgullo y rechazar el coche? ¿Podía arriesgar la vida de su hijo comprando uno de cuarta mano?

De repente, supo lo que tenía que hacer. Sería duro, pero tenía que hacerlo.

–Te lo pagaré. Te pagaré el coche y te pagaré el préstamo.

–Sí, claro –dijo él, irónico.

–¿No me crees?

–¿Qué hay que creer? Ya te he dicho que te olvides del préstamo.

–Y yo he dicho que acepto el coche, pero no he aceptado cancelar la deuda.

–No estás engañando a nadie, Danielle.

De nuevo la acusaba de algo que ella no entendía. Flynn pensaba que todo aquello era una actuación, que sus objeciones eran mentiras… y estaba disfrutando de su incomodad. Evidentemente, esperaba que aceptase todo lo que él quisiera darle.

–Estás haciendo esto por razones retorcidas que no tienen nada que ver conmigo.

–¿No me digas?

–Quieres que esté en deuda contigo. Te hace sentir importante saber que tardaré toda mi vida en devolverte el dinero...

–No te necesito para sentirme importante.

–Pues yo creo que sí.

Flynn apretó los labios.

–No me gustan los juegos.

–¿Al contrario que a mí quieres decir?

–Lo has dicho tú, no yo.

Muy bien. Se había terminado. Flynn Donovan sospechaba de todo el mundo, parecía odiar a todo el mundo.

–Señor Donovan, me debe una disculpa –dijo Danielle, muy seria.

–¿Por qué?

–Porque se equivoca sobre mí.

–No lo creo. Y deja de hacerme perder el tiempo –le espetó Flynn, tomando las llaves del coche–. ¿Las aceptas o no?

–No, gracias.

–Danielle…

Danielle supo entonces que si no salía de allí inmediatamente acabaría llorando. Y no quería llorar delante de él.

–¿Qué vas a hacer?

–Eso no es asunto tuyo.

–Espera… Lo he dicho en serio.

Danielle entró en el ascensor y, con los ojos llenos de lágrimas, pulsó el botón para bajar al vestíbulo… pero Flynn entró antes de que se cerrasen las puertas.

–Danielle, mírame.

–No.

Él la tomó suavemente por los hombros y, al ver el brillo de sus ojos, Danielle hizo exactamente lo contrario de lo que había pensado hacer: se puso a llorar.

Flynn la tomó entre sus brazos.

–Venga, no llores.

–No puedo evitarlo –murmuró ella, odiándolo, deseándolo. No sabía lo que sentía por aquel hombre.

Flynn le dio su pañuelo y Danielle lloró aún más… hasta que pensó que no iba a parar nunca. Y luego empezó a notar lo bien que olía, el calor de su cuerpo. Un calor letárgico, profundamente masculino.

–¿Danielle?

Cuando levantó la mirada, su corazón dio un vuelco. Así de cerca, el brillo de sus ojos era aún más poderoso. Era potente, posesivo. No se atrevía a respirar. Porque si lo hacía Flynn la besaría. Y, aunque no sabía por qué, no se creía capaz de resistir.

El ascensor se detuvo justo cuando Flynn inclinaba la cabeza y Danielle dio un paso atrás, horrorizada por lo que había estado a punto de hacer. Pero, desorientada, se dio un golpe contra la pared.

–Cuidado –dijo él, poniendo una mano en su espalda. El roce la hizo temblar, como si la tela de la camisa no existiera.

Danielle respiró temblorosamente. Era hora de poner distancia entre ellos.

–Creo que necesito un par de ojos en la espalda.

–Es posible. Y también es posible que así no te deseara tanto.

–Yo…

–No digas nada. Ni una palabra o te llevo de vuelta a mi despacho y te hago el amor allí mismo.

Danielle sabía que había una chispa, una atracción sexual entre ellos desde el primer día, pero oírselo decir en voz alta...

–Te recuerdo que estoy embarazada.

–Lo sé.

Flynn Donovan la deseaba. Y ella lo deseaba a él también. Pero las viudas embarazadas no deberían desear a un hombre. No estaba bien.

¿Cómo podía desear a un hombre que pensaba tan mal de ella? Un hombre que la acusaba de robarle su dinero, de mentir, de engañar a los demás.

Flynn la empujó suavemente fuera del ascensor.

–El coche es tuyo –dijo con voz ronca–. Toma las llaves –añadió, poniéndolas en su mano.

Después pulsó un botón y las puertas del ascensor se cerraron.

Flynn Donovan despertaba un deseo nuevo en ella. Un deseo más que físico. Algo más profundo, más íntimo. Oh, no… ¿No había sufrido suficiente con los hombres?

Por culpa de su ayudante tendría que devolver el bolso de Danielle personalmente. Él lo habría enviado por mensajero, pero si no iba en persona, lo haría Connie. Ella misma se lo había dicho cuando volvió al despacho y la encontró con el bolso en la mano. Pero Flynn no pensaba dejar que su ayudante fuera a casa de Danielle Ford. Porque si clavaba sus garras en Connie, él estaría perdido.

Por supuesto, Connie se mostró encantada cuando le prometió hacerlo. Tan encantada como el día anterior, cuando le pidió que comprase un coche.

–¿Para ti?

–No, para Danielle Ford.

–¿Y el préstamo?

–Se ha negado a romper los documentos.

Connie asintió con la cabeza.

–Es una mujer íntegra.

Flynn sacudió la cabeza, asombrado por la inocencia de su ayudante.

–Bueno, da igual. Ahora mismo necesita un coche. Eso si a ti te parece bien, claro –dijo Flynn, irónico.

–No lo haces por eso, pero gracias –sonrió Connie.

–Por favor, no me conviertas en un santo.

–No, por Dios. Quizá debería ir yo a verla…

–¡No!

–Pero alguien debería cuidar de esa pobre chica.

–No te metas en esto, Connie.

–Pero…

–Di una palabra más sobre Danielle Ford y te despido.

La mirada de Connie decía que aquella no iba a ser su última palabra, pero hizo lo que le había pedido y compró un coche.

Y ahora él tenía que ir a devolverle el bolso a Danielle y luego vestirse para una cena. Aquella noche lo pasaría bien, decidió, mientras subía al apartamento de Danielle Ford. Tenía una cita con una examante y quería pasarlo estupendamente. Y lo último que necesitaba era volver a ver a Danielle y recordar que no podía tenerla.

Flynn arrugó el ceño cuando vio que la puerta de su apartamento estaba abierta. ¿Estaba esperándolo? ¿Habría dejado el bolso en su despacho a propósito?

–¿Danielle? –la llamó. No hubo repuesta–. ¿Danielle? –volvió a llamarla entrando en el salón.

De nuevo, no hubo respuesta.

¿Por qué no contestaba?

Entonces oyó una especie de gemido y, asustado, dio un paso adelante. Si había vuelto a marearse…

Empujó una puerta… y allí estaba, recién salida de la ducha, envolviéndose el pelo con una toalla. Completamente desnuda.

–¡Flynn!

Flynn deslizó la mirada por sus pechos, su estómago todavía plano, el triángulo de rizos rubios entre sus piernas… Al verla tuvo una erección incontenible. Aquella mujer le provocaría una subida de tensión a cualquier hombre. Era una seductora. Una bruja. Y él la deseaba como no había deseado a nadie jamás.

–¿Qué haces aquí?

Parecía haber olvidado que estaba desnuda. O quizá no le importaba. Pero eso no evitó que deseara calmar el dolor entre sus piernas con la posesión más dulce.

Y cuando ella levantó la mirada, sus ojos le dijeron que Danielle lo deseaba tanto como él.

–Eres preciosa –dijo con voz ronca.

–Pero… –Danielle se apresuró a ponerse una bata, como si de repente hubiera recordado que estaba desnuda– estoy embarazada. Me parece que se te ha olvidado eso.

–Sigues siendo muy sexy. Increíblemente sexy.

–No –susurró ella.

–¿No qué?

–No intentes seducirme.

Flynn se fijó en cómo el suave material azul de la bata se pegaba a sus pechos desnudos.

–Qué curioso. Pensé que eras tú quien estaba seduciéndome.

–¿Cómo? ¿Saliendo de mi propia ducha?

–La puerta estaba abierta –dijo él–. Y te has dejado esto en mi despacho –añadió, mostrándole el bolso.

–Ah, sí, me he dado cuenta. Pensaba ir a buscarlo mañana.

Flynn la miró, irónico.

–Sí, claro.

–¿Crees que me lo he dejado allí a propósito?

–¿Vas a decirme que no?

–Espera un momento… ¿cómo que mi puerta estaba abierta? Yo la cerré. Estoy segura de haberla cerrado.

–A lo mejor la cerradura está defectuosa –sonrió Flynn, que sabía que le había tendido una trampa.

–Quizá. El administrador dijo que iba a cambiarla –murmuró ella, quitándose la toalla del pelo–. Pero ahora creo que es mejor que te vayas.

Flynn no estaba acostumbrado a que lo echasen de ningún sitio.

–¿Has encontrado a otro hombre dispuesto a ayudarte?

Danielle se volvió indignada.

–Yo no te he pedido ayuda. Tú me obligaste a aceptar el coche. Yo no quería…

–Lo necesitabas.

–Habría sobrevivido sin él.

–No tengo la menor duda –murmuró Flynn. Aquella mujer era una superviviente de la peor especie. Sobrevivía con el dinero de los demás.

–No pareces entender que la independencia es muy importante para mí. Pero, en el futuro, te agradecería que me dejases en paz. He aceptado el coche, pero eso no te da derecho a entrar en mi casa cuando te parezca.

–No he venido para pedirte nada.

–¿Ah, no?

Respirando profundamente, Flynn se dio la vuelta. Aquella mujer era un peligro para ella misma y para cualquier hombre.

–Será mejor que compruebe esa cerradura.

–No hace falta. Si está rota, el administrador la arreglará.

–Pensé que querrías arreglarla tú misma. Como eres tan independiente.

–Lo estás sacando de contexto.

–Aunque estuviera defectuosa, que no lo creo, el administrador no podría arreglarla antes del lunes. Y no quiero levantarme mañana por la mañana y leer en el periódico que te han asesinado.

–No digas tonterías –murmuró Danielle.

Pero, al mismo tiempo, se llevó una mano protectora al estómago.

–Voy a comprobar la cerradura quieras o no.

Desgraciadamente, no tardó mucho en darse cuenta de que, efectivamente, estaba estropeada. Flynn masculló una palabrota. No le gustaba estar equivocado acerca de Danielle Ford.

Esta vez.

–¿Qué pasa?

–Parece que te debo una disculpa.

Danielle dejó escapar un largo suspiro.

–Yo no miento. ¿Qué le pasa a la cerradura?

La exótica fragancia de su piel empezaba a marearlo.

–Que no cierra bien.

–¿Cuál es el problema? –preguntó ella, acercándose un poco más.

Y, de repente, el aire se cargó de electricidad. Como si también Danielle lo hubiera sentido, se volvió hacia él. Sus ojos se encontraron y, en ese momento, Flynn supo que tenía que besarla o se arrepentiría de no haberlo hecho toda la vida.

–No me detengas –dijo con voz ronca. Y no

le dio tiempo a reaccionar. Danielle se quedó rígida y Flynn supo que estaba luchando más contra sí misma que contra él. Pero luego sus labios se entreabrieron con un minúsculo suspiro de rendición.

Y Flynn no esperó un segundo más. Sabía de maravilla. Como había esperado. Como había imaginado desde que la vio por primera vez.

Danielle le echó los brazos al cuello y Flynn, sin poder apartarse, pensó que aquello se le estaba escapando de las manos. Estaba embarazada. Tenía que parar.

–¿Flynn?

–Solo un beso más…

Un beso de despedida.

Un beso que pusiera punto y final a todos los besos.

Pero cuando sus labios se encontraron por segunda vez, de repente dio igual que estuviera embarazada o que fuese una buscavidas. Nada importaba salvo el delicioso sabor de sus labios, el glorioso aroma de su perfume, el roce de su piel…

Temblando, la besó en el cuello, en la garganta.

–Tenemos que parar –murmuró ella, pero era un murmullo de placer que lo excitó aún más.

–¿Tenemos que parar?

–Sí…

–Deja que te acaricie un poco más –musitó Flynn, sin pensar en las consecuencias, dejando resbalar la bata por sus hombros… para revelar unos pechos perfectos–. Preciosos. Están hechos para las manos de un hombre. Para mis manos.

Ella levantó los ojos.

–Sí.

–Y para mi lengua.

–Oh, sí...

Flynn abrió la bata, desnudándola por completo.

Un deseo punzante se clavó en sus entrañas y más abajo, en la erección que pugnaba por salir de su confinamiento mientras acariciaba sus pezones, las puntas endureciéndose mientras Danielle apoyaba la cabeza en la pared. Flynn los apretó con los dedos y ella dejó escapar un suspiro de placer.

Danielle estaba hecha para él, para sus brazos, para sus labios…

Con un gemido ronco, inclinó la cabeza para buscar uno de sus pezones con la boca.

–Flynn… –su voz había salido tan ronca que era apenas audible.

Él siguió besándola y chupándola cada vez con más fuerza. Iba a darle todo lo que Danielle necesitaba. Y solo él podía dárselo.

Flynn deslizó las manos por su estómago y luego más abajo, hasta la esencia de su ser. Estaba húmeda y caliente para él.

La besó profundamente, moviendo los dedos sobre su delicado capullo, acariciándolo una vez, dos. Quería darle más placer que ningún otro hombre.

–Déjate ir –murmuró.

Al principio sintió una ligera convulsión y luego le empezaron a temblar las piernas. Danielle se agarró a sus hombros, jadeando, con la cabeza echada hacia atrás y los ojos cerrados.

–Eso es, cariño…

De repente, sintió que se convulsionaba gritando su nombre, dejándose ir mientras él la perforaba con sus dedos. Si hubiera estado dentro de ella habría sentido esas convulsiones… y eso era suficiente para hacer que un hombre se volviera loco.

Danielle apoyó la cabeza en su hombro, intentando recuperar el aliento y, por fin, cuando lo miró, en sus ojos vio un brillo de… pudor. Estaba más que preciosa. Increíble. Una sensación posesiva lo envolvió entonces, aunque se preguntaba por qué.

–Flynn…

–No digas nada –murmuró él, atando el cinturón de su bata.

–Pero tú no…

–No y no lo necesito.

–Pero…

–Nada de peros, Danielle. He disfrutado mirándote.

Flynn inclinó la cabeza para aprovechar que tenía los labios entreabiertos…

Entonces, de repente, sonó el timbre y Danielle lo empujó, asustada.

–Ay, Dios mío…

–¿Qué pasa?

–Es Monica –contestó ella en voz baja–. La madre de Robert.

Flynn apretó los dientes. Había olvidado

que era viuda, que había pertenecido a otro hombre. Robert la habría tocado, le habría hecho el amor. De repente sintió celos de cada segundo que Robert había pasado con ella, de que la hubiera poseído.

–No abras –le dijo.

–Tengo que hacerlo. Viene a cenar. Es que hoy es mi cumpleaños...

–¿Tu cumpleaños?

–Sí –murmuró Danielle, mordiéndose los labios–. Si no abro la puerta pensará que estoy trabajando…

De modo que tenía un trabajo de verdad.

–Y si no me encuentra llamará a la policía. Monica es así.

–¿Has dicho que es tu suegra o tu madre?

–Mi suegra.

–Entonces abre la puerta y actúa como una persona normal.

–No puedo. Ella no entendería… verte aquí.

–¿Te da miedo esa mujer?

–No, claro que no –contestó Danielle–. Es que es… bueno, es la madre de Robert y no quiero que nos vea así.

–¿Así cómo? Estaba arreglando tu cerradura.

Danielle se puso colorada.

–Flynn, no creo que…

El timbre volvió a sonar y ella prácticamente dio un salto.

–Tengo que abrir.

Flynn le dio un besito en los labios. Quería decir «al demonio con Monica», pero si hacía eso tendría que tomar a Danielle en brazos y llevarla al dormitorio.

¿Y luego qué?

Sí, lo mejor sería marcharse. A partir de aquel momento se apartaría de Danielle y seguiría adelante con su vida. En seis meses ella daría a luz…

–Ya estoy lista.

Asintiendo con la cabeza, Flynn abrió la puerta. Y la elegante mujer que estaba en el rellano casi dio un paso atrás.

–Ah, hola, Monica. Perdona, es que no podíamos abrir –se disculpó Danielle.

Su suegra miró a Flynn de arriba abajo.

–Eso veo.

–Te presento a Flynn Donovan. Estaba comprobando la cerradura, parece que se ha estropeado.

–¿Ah, sí? Pues deberías haber llamado a un cerrajero, querida.

A Flynn no le gustó nada esa mujer. Era demasiado fría, demasiado calculadora.

–Sí, bueno… el administrador tendrá que arreglarla. Flynn no tiene las herramientas adecuadas.

–No estoy yo tan seguro –murmuró él. Y se alegró al ver que Danielle se ponía colorada.

–Ojalá mi Robbie estuviera aquí –suspiró Monica–. A él se le daba bastante bien arreglar cosas.

–Seguro que sí –dijo Flynn.

Si lo que Monica intentaba era alejarlo de Danielle no tenía que molestarse. Él ya había tomado la decisión de alejarse.

Entonces se dio cuenta de que Robert se parecía mucho a ella. Robert Ford, un hombre que le había caído antipático desde el primer momento.

–Gracias otra vez. Puedes marcharte cuando quieras –sonrió Danielle.

Flynn sintió la tentación de quedarse solo para molestar a Monica, pero decidió no hacerlo.

–Haz que arreglen la cerradura lo antes posible.

–Lo haré. Buenas noches.

–Sí, adiós –dijo Monica, prácticamente empujándolo a un lado–. Encantada de conocerlo.

–Lo mismo digo.

Danielle volvió a mirarlo. Estaba claro que se sentía incómoda con aquella mujer y eso despertó en él un extraño instinto protector. Un instinto que Flynn mató inmediatamente. No tenía duda de que sabría medirse con su suegra. Danielle Ford podía cuidar de sí misma.

–Será mejor que entre –murmuró–. Gracias por venir a… devolverme el bolso.

Flynn sostuvo su mirada un momento, irritado porque era quien era, pero deseándola con cada fibra de su ser.

–Ha sido un placer –contestó, disfrutando al ver que, de nuevo, se ponía colorada.

Se quedó donde estaba un momento y respiró su perfume, casi como un gesto culpable. Luego se dio la vuelta y fue hacia el ascensor. Debía salir esa noche con una examante, pero la idea de estar con otra mujer, de hablar con otra mujer, de hacerle el amor a otra mujer lo llenaba de desagrado.

No quería cenar con otra mujer después de haber estado con Danielle, pero tenía que hacerlo. Solo esperaba que aquella tarde con Danielle Ford no hubiera arruinado su vida amorosa.

Para siempre.

Danielle cerró la puerta y dejó escapar un suspiro. Había estado a punto del desastre. Si Flynn hubiera mencionado el préstamo por venganza... Si Monica decidiera usar eso para quedarse con el niño.

No, ella no dejaría que eso pasara.

Cuando entró en el salón, Monica estaba revisando un montón de papeles personales.

–Ah, dame eso. Voy a ponerlos en otro lado.

–Solo estaba moviéndolos para sentarme.

Danielle no sabía si era verdad, pero lo dejó pasar. Solo eran unas facturas y el contrato de alquiler del apartamento. Afortunadamente, no había nada sobre el préstamo.

–Dime, Danielle. ¿De qué conoces a Flynn Donovan?

–No lo conozco –mintió ella–. Había venido a visitar a un amigo que vive en el otro ático y, al pasar por delante del mío, vio que la puerta estaba abierta.

–Entonces, ¿no lo conoces personalmente?

–No. Pero evidentemente tú sí sabías quién era.

–Lo que he leído en los periódicos –contestó su suegra, que parecía haber creído su explicación–. Por cierto, ¿qué es eso que llevas puesto? Es nuevo, ¿verdad?

De repente, Danielle se sintió expuesta y vulnerable, incluso más que cuando estaba desnuda delante de Flynn.

–Sí, es nuevo. Me lo rebajaron mucho en la boutique. Voy a cambiarme, vuelvo enseguida.

–No sé si a Robbie le gustaría –dijo Monica entonces–. Y un consejo, querida, no deberías llevar algo así delante de un desconocido. Podría pensar lo que no es… especialmente alguien tan rico y tan influyente como Flynn Donovan.

–No lo creo. Estoy embarazada y eso es algo que echa para atrás a los hombres.

–Algunos hombres encuentran muy atractivas a las mujeres embarazadas.

–No creo que sea el caso –murmuró Danielle, entrando en su dormitorio y apoyándose en la puerta con los ojos cerrados.

Embarazada o no, Flynn iba a la caza. Ella había intentado resistirse, pero no sabía qué tenía aquel hombre... no sabía qué era lo que la hacía derretirse en su presencia.

Había pasado tanto tiempo desde la última vez que se sintió atraída por un hombre, tanto tiempo desde la última vez que hizo el amor con un hombre al que deseara de verdad. Flynn la había devuelto a la vida... nunca había experimentado algo así.

Flynn Donovan la hacía sentir de nuevo como una mujer y le devolvía lo que había perdido durante su matrimonio con Robert: su deseo de vivir, de amar.

Claro que eso no lo hacía menos arrogante e insufrible. Debía tener eso en cuenta para controlar la atracción que sentía por él.

Justo entonces sonó un golpecito en la puerta.

–¿Vas a salir, Danielle? Quiero darte tu regalo de cumpleaños.

Ella contó hasta diez. Monica siempre hacía eso; perseguirla hasta que se sentía atrapada. Robert era igual.

–Salgo enseguida. ¿Por qué no pones la cafetera?

Un momento de silencio y luego:

–Muy bien.

Danielle esperó unos segundos y luego se apartó de la puerta. No volvería a dejar que nadie le dijera lo que tenía que hacer.

Nunca.

Y eso podía aplicarse también a Flynn Donovan.

Por muy maravillosa que la hiciera sentir.

Capítulo Cinco

Después de cenar, Flynn dejó a su amiga en casa, poniendo como pretexto que tenía mucho trabajo, y volvió a su mansión en Cullen Bay. Y estuvo horas sentado en el balcón del dormitorio. Una tormenta eléctrica había estallado a última hora de la tarde y su jardín estaba espléndidamente iluminado por la luna.

Había descubierto una cosa: prefería pasar una tarde discutiendo con Danielle que soportar las zalamerías de cien mujeres guapas.

¿Qué tenía Danielle Ford que la hacía inolvidable?

Aunque no quería volver a ver nunca a esa mujer que era lo menos parecido a un ángel, seguía deseándola. Era un deseo que no parecía capaz de controlar. No podía tenerla, no debería... pero se atormentaba a sí mismo de todas maneras.

Cada vez que la miraba a los ojos la determinación de decirle adiós se desvanecía. Y aquella tarde… no podía dejar de pensar en lo que había pasado en su casa. Supuestamente era una mujer que usaba su cuerpo para conseguir lo que quería, según le había contado su difunto marido, pero se había mostrado increíblemente inocente. Claro que todo podía ser teatro.

Sin embargo, había algo que no cuadraba. Danielle parecía ser una mezcla de verdades y mentiras. De inocencia y culpabilidad. De independencia y miedos.

Y, al final, tenía un trabajo de verdad. No le había mentido sobre eso.

Había llegado el momento de hacer una investigación exhaustiva, decidió Flynn; una investigación personal esta vez, no solo financiera. Quería saberlo todo sobre ella.

Al final, el coche había sido un regalo oportuno, pero pasar su cumpleaños con su fría e insoportable suegra no era precisamente la mejor forma de celebrarlo.

Danielle se merecía algo mejor.

Y también se merecía un Oscar, se dijo a sí mismo al día siguiente mientras subía al Mercedes. Aunque, a pesar de todo, había decidido cenar con ella esa noche.

Estaba a punto de arrancar cuando una figura se interpuso en su camino. Flynn soltó una palabrota mientras ponía el freno de mano.

Y entonces vio quién era.

Monica Ford.

Evidentemente había estado esperando que saliera de su casa, aunque no podía imaginar cómo había averiguado dónde vivía.

–¿Monica?

–Señora Ford para usted, Donovan.

–Ah, muy bien. Ya entiendo.

–¿De verdad?

–¿Qué hace usted aquí?

–Quiero que se aleje de Danielle. O lo lamentará.

–No me gustan las amenazas, señora Ford.

–Danielle y el niño eran de Robert. No pienso dejar que se quede con ninguno de los dos.

Flynn arrugó el ceño.

–¿Esto es una broma?

–Mi hijo no era ninguna broma, señor Donovan. Danielle lo quería y él la quería a ella.

–Su hijo ha muerto, señora Ford –murmuró Flynn, preguntándose si Monica estaría loca.

–¿Cómo se atreve a decir eso?

–Mire, creo que necesita ayuda...

–¡Aléjese de Danielle! Esa es toda la ayuda que necesitamos.

¿Necesitamos?

–No voy a dejar que dirija la vida de Danielle...

–Y yo no voy a dejar que... consiga lo que quiera conseguir de ella, señor Donovan.

Luego se dio la vuelta y se dirigió hacia un coche aparcado un poco más abajo.

Flynn esperó hasta que Monica Ford desapareció, con una horrible sensación en la boca del estómago. Aquella mujer no estaba bien de la cabeza. Y prefería con mucho la frialdad del día anterior al odio enfermizo que acababa de demostrarle.

Seguía sintiéndose enfermo cuando llegó a casa de Danielle, pero más por ella que por él mismo. Él podía lidiar con alguien como Monica Ford, pero no sabía si Danielle tenía controlada la situación. Aunque no creía que Monica se atreviese a hacerle daño.

Cuando Danielle abrió la puerta, Flynn decidió olvidarse del asunto.

No la había visto desde el día anterior...

desde que se derritió entre sus brazos. Y era tan sexy. El top de color salmón con escote *halter* y los pantalones vaqueros cortos le daban el aspecto de una niña. Una niña increíblemente seductora.

–Flynn, tenemos que hablar. No quiero que creas que... ayer las cosas se nos fueron de las manos.

–En todos los sentidos, sí –asintió él.

–Lo de ayer fue un error. No estoy preparada para mantener una aventura. Voy a tener un hijo.

Flynn apretó los labios. Si no estuviera embarazada no estarían hablando sino haciendo el amor. Estaría dentro de ella, conociéndola íntimamente.

Solo pensar en ello lo excitaba como nunca. Y no tenía nada que ver con haber estado solo durante los últimos meses. Tenía que ver con Danielle.

–¿Has llamado al administrador para que venga a arreglar la cerradura?

–Vendrá el lunes.

–Pues entonces asegúrate de que cierras bien la puerta –dijo Flynn, pensando en Monica.

–¿Por qué has venido?
–Porque no te felicité ayer.
–Podrías haberme enviado flores.
–Pero entonces no habría tenido oportunidad de convencerte para que cenaras conmigo esta noche.
–¿Qué?
–Vendré a buscarte a las siete.
–Pero… ¡espera!
Algo en su tono hizo que Flynn se detuviera.
–No creo que debamos…
–Danielle, me debes una.
–Ya te he dicho que te pagaré ese préstamo…
–No estoy hablando del préstamo, estoy hablando de la cerradura.
–Pero si no la arreglaste.
–No, pero estuve a punto –sonrió Flynn, disfrutando del doble sentido.
Danielle se puso colorada.
–Sé que has sido más que generoso, pero creo que debería quedarme en casa esta noche.
–¿Sola? –preguntó él, sintiendo una punzada de celos. Y eso estaba pasando demasiado

a menudo. Ninguna otra mujer lo había hecho sentir celos. Nunca.

–Sí.

–A las siete –insistió Flynn, mientras llamaba al ascensor.

Y no esperó respuesta.

Danielle se pasó el día entero enfadada con Flynn por su «autoridad», pero sospechando que detrás de esa fachada de frialdad había un corazón amable.

Robert solo la llevaba a cenar el día de su cumpleaños y eso cuando eran novios. Después de casarse, Monica y él preferían cenar en casa en las ocasiones especiales.

Fue ese recordatorio del pasado lo que hizo que cambiase de opinión. Ahora era una mujer libre y haría lo que le apeteciera y saldría con quien le diese la gana.

Pero que ese alguien fuera precisamente Flynn Donovan…

Cuando sonó el timbre, exactamente a las siete, Danielle se pasó una mano por el elegante moño francés que le sujetaba el pelo. Llevaba un vestido negro por encima de la rodilla con chaqueta a juego y zapatos de tacón. Había elegido ese vestido porque era bonito y discreto. No quería que Flynn pensara… lo que no debía.

Pero al abrir la puerta tuvo que hacer un esfuerzo para disimular la emoción. Flynn estaba guapísimo con un traje oscuro que destacaba la anchura de sus hombros y una camisa blanca que contrastaba con lo bronceado de su piel.

–Estás más guapa cada vez que te veo –murmuró él, con voz ronca.

–Gracias. No sabía dónde íbamos, así que me he puesto esto…

–Estás perfecta.

Su corazón dio un vuelco al ver el brillo de sus ojos.

–Bueno, voy a… buscar el bolso.

Danielle respiró un poco mejor cuando puso cierta distancia entre los dos. Pero cuando se volvió Flynn había entrado en el apartamento y cerrado la puerta.

–Esto es para ti –dijo, ofreciéndole un paquetito envuelto en papel de regalo.

–¿Ah, sí?

Ya le había hecho demasiados favores. Sí, bueno, era rico y podía permitírselo, pero invitarla a cenar era más que suficiente.

–Lo siento, no puedo aceptar un regalo. Apenas te conozco.

–Sí me conoces, Danielle. Soy el hombre que te hizo suspirar ayer.

–Flynn…

–¿Te acuerdas?

¿Cómo podía olvidarlo? ¿Cómo podía olvidar lo que la había hecho sentir?

–Sí, claro que me acuerdo. Pero de todas formas…

–Pero de todas formas aún no has visto el regalo –bromeó Flynn.

–No, pero…

–No es una joya, si eso es lo que te preocupa.

Los dos sabían que eso no era lo que la preocupaba. Era la atracción que había entre ellos. La tensión sexual que amenazaba con hacerlos perder el control.

Temblando, Danielle le dio su bolso.

–Sujétame esto, por favor.

Cuanto antes acabase con aquello, mejor. Y

sí, la verdad era que estaba emocionada con el regalo.

Nerviosa, rasgó el papel de regalo y descubrió un frasco de un perfume carísimo que llevaba años queriendo comprar. Ahora no tenía dinero y cuando estaba casada con Robert... entonces no había querido usarlo para él.

–Me encanta.

–*Allure* –murmuró él–. Yo creo que es muy apropiado, ¿no te parece?

–Gracias –sonrió Danielle–. Es justo lo que quería.

–Y esto es lo que yo quiero –dijo Flynn entonces, levantando su barbilla con un dedo.

Ocurrió tan repentinamente que no tuvo tiempo de reaccionar como debería haberlo hecho. O quizá habría dado igual. Quizá su reacción habría sido la misma. Porque Danielle entreabrió los labios, temblando, incluso antes de que sus bocas se rozaran.

Fue un beso apasionado, asombroso, uno que la devolvió al día anterior, cuando estaba entre sus brazos. Danielle dejó escapar un gemido cuando Flynn empezó a acariciar con su lengua la húmeda caverna de su boca, suave pero exigente.

Y luego, despacio, se apartó.

–Feliz cumpleaños, Danielle.

–Sí, yo... gracias.

Sonriendo, Flynn le quitó el perfume de las manos y le devolvió su bolso.

–Vámonos de aquí. Antes de que vuelva a besarte.

Ella dejó que la llevase a la puerta, el roce de su mano quemando a través de la tela de la chaqueta, su aroma mareándola mientras bajaban en el ascensor.

Sin decir una palabra salieron del edificio y entraron en su coche. Danielle intentaba aclarar su cabeza, pero era imposible teniéndolo tan cerca.

Y no fue mejor dentro del Mercedes. Estaba tan cerca que casi se rozaban. Solo tendría que alargar una mano, atraerla hacia él...

Danielle tragó saliva. Si no fuera una cobardía habría saltado del coche, le habría dado las gracias por el regalo y habría vuelto corriendo a su casa. Una noche viendo la televisión sería mejor que... que enfrentarse a aquello que sentía.

–Solo ha sido un beso –dijo él, como si hubiera leído sus pensamientos.

–Lo sé.

–Entonces no me mires así.

–¿Así cómo? –preguntó Danielle.

–Como si fuera a devorarte en cualquier momento.

¿Devorarla? sí, era como un tigre haciendo círculos a su alrededor, dispuesto a saltar sobre ella para hacerle el amor a la primera señal de debilidad.

–Te prometo que solo salto sobre la gente cuando hay luna llena. Y esta noche no hay luna llena.

Lo absurdo del comentario la hizo sonreír.

–Me alegro.

–Relájate, Danielle.

Ella arqueó una elegante ceja.

–Eso es pedir demasiado.

Afortunadamente para ella fueron durante un par de kilómetros por el borde de la costa en un clima más distendido. El asombroso cielo naranja con el sol escondiéndose tras el horizonte la calmó un poco.

Situado en una explanada, el restaurante estaba lleno de gente. El maître saludó a Flynn con reverencia e inmediatamente los llevó a una mesa para dos en una esquina con una vista espectacular del mar ahora de color turquesa.

Pero no podía quedarse mirando el mar toda la noche y, por fin, se volvió.

–Parece que aquí te conocen.

–He venido un par de veces.

¿Con quién?, le habría gustado preguntar.

En ese momento, un hombre alto y atractivo se acercó a ellos.

–¡Flynn, me había parecido que eras tú!

–Hola, Damien –sonrió Flynn, levantándose para darle un abrazo–. ¿Qué haces aquí? Pensé que esta semana estabas en Roma.

–Allí estaba, pero tuve que venir para una reunión en Sídney –contestó Damien–. Hola, soy Damien Trent –dijo después, mirando curioso a Danielle–. Y creo que exhalaré mi último suspiro antes de que mi amigo nos presente.

–Yo soy Danielle Ford.

–Encantado de conocerte –sonrió el joven–. Oye, estoy intentando organizar una partida de póquer para cuando vuelva Brant de su luna de miel.

–No creo que le apetezca jugar al póquer durante un tiempo –rio Flynn.

–No me digas eso. Me moriría si Kia no le deja jugar con nosotros de vez en cuando.

–Sí, seguro que Brant prefiere jugar al póquer con nosotros antes que estar con su mujer.

–Bueno, lo entiendo. Kia es guapísima. Un hombre tendría que estar loco para querer separarse de ella aunque fuera un segundo –Brant miró por encima de su hombro–. Y hablando de dejar sola a una belleza, mi cita me mira con gesto impaciente.

–¿La conozco? –preguntó Flynn.

–No, qué va. Bueno, he de irme. Tenemos entradas para el teatro. Te llamaré la semana que viene para la partida de póquer. Encantado de conocerte, Danielle.

–Lo mismo digo.

Danielle lo observó alejarse hacia una mesa donde lo esperaba una rubia.

–Parece que sois buenos amigos.

–Sí, lo somos.

Y eso fue todo lo que dijo.

Justo entonces el camarero les llevó dos copas, una de agua mineral para ella y un whisky para Flynn.

–Feliz cumpleaños atrasado.

–Gracias –Danielle intentó pensar en algo que decir, algo que no la comprometiera–. Supongo que estabais hablando de Brant Matthews.

Él sonrió, misterioso.

–¿Qué me das si te lo digo?

–Una noche agradable.

–¿Y si no te lo digo?

–Una noche agradable… tú solo.

–Entonces será mejor que conteste –sonrió Flynn–. Sí, estábamos hablando de Brant. Damien, Brant y yo crecimos juntos.

Danielle había leído algo sobre Brant en los periódicos y sabía que, como Flynn, era millonario. Y Damien también parecía un hombre de éxito.

–¿Aquí, en Darwin?

–Sí, en la misma calle. Aunque la zona ahora es un poco más lujosa que cuando éramos pequeños. Entonces era poco más que un barrio de casuchas.

–¿Sigues teniendo familia allí?

–No, mis padres han muerto.

–Ah, lo siento.

–Fue hace mucho tiempo. Mi madre murió cuando yo era pequeño y a mi padre lo mató la bebida.

–Lo siento.

–Pero sobreviví –dijo Flynn, sin mirarla–. Y ahora, cuéntame tu historia.

–Mis padres también han muerto. Los dos se ahogaron en la playa cuando yo tenía trece años.

–Vaya, lo siento.

–Vivíamos en un pueblecito de Queensland hasta que a mi madre se la llevó una ola y mi padre murió intentando salvarla.

–A veces la vida es un asco –murmuró Flynn.

–Sí, es verdad –asintió ella–. Cuando ocurrió pensé que jamás volvería a sonreír, que nunca podría ser feliz. Pero la vida sigue. Me vine a vivir con una tía mayor aquí en Darwin. Me trataba como a una hija, pero murió unos años después y yo decidí quedarme. No tenía ningún sitio al que volver.

–Eras demasiado joven para vivir sola.

–Pero sobreviví –dijo Danielle, repitiendo sus palabras.

–¿Cuánto tiempo estuviste casada?

–Tres años.

–¿Y fuiste feliz con Robert?

–No –contestó ella. Robert la había asfixiado. Por supuesto, él no lo entendería. Flynn pensaba que estaban hechos el uno para el otro.

–¿No?

–No. Bueno, supongo que eso no es del todo cierto. Durante el primer año, Robert y yo fuimos felices.

–¿Y qué pasó después?

Danielle dejó escapar un suspiro.

–No lo sé. Estábamos enamorados y, de repente… el amor se acabó. Quizá si Robert y yo hubiéramos vivido solos habría sido diferente. Pero con Monica...

–¿Monica vivía con vosotros? –preguntó Flynn, sorprendido.

–Sí. Robert no quería dejarla sola y yo lo entendí. Su marido había muerto años antes y hasta que llegué yo solo tenía a su hijo.

–Seguramente su marido no está muerto. Estará escondido en alguna parte.

Danielle disimuló una sonrisa.

–Sí, a veces yo he pensado lo mismo.

Flynn la observó, interesado.

–Pero por fin te has deshecho de ella. Supongo que no debió ser fácil con alguien como Monica.

–No, no ha sido fácil.

–¿Es por eso por lo que ser independiente es tan importante para ti?

–Sí. Después de tener a alguien como Monica detrás de mi todo el día, agradezco mucho vivir sola.

–¿Te da miedo?

–Ya me lo preguntaste anoche y te dije que no.

–¿Seguro que es la verdad?

–¿Por qué lo preguntas?

Flynn se encogió de hombros.

–No, por nada. Bueno, háblame de tu trabajo.

Danielle vaciló, confundida.

–¿Qué quieres saber?

–Ayer me dijiste que Monica pensaría que estabas en tu trabajo. ¿A qué te dedicas?

–Trabajo en una boutique... bueno, solo cuatro días a la semana. Es de mi amiga Angie.

–¿Llevas mucho tiempo?

–El suficiente como para saber que no me gusta trabajar en una tienda –contestó Danielle–. Me gustaría ser diseñadora de interiores.

Cuando el camarero les llevó la carta, una mujer empezó a tocar el piano en el escenario. Cenaron con la música de fondo, hablando en voz baja. Y eso la calmó un poco.

–¿No tienes hambre?

–Está muy rico, pero últimamente no tengo mucho apetito –contestó Danielle.

–Entonces, tomarás algo de postre.

–No, gracias.

–Pero tienes que tomar algo especial por tu cumpleaños. ¿Qué tal un pastel de chocolate caliente?

Danielle puso cara de asco.

–No, por favor, chocolate no. Ayer a las tres de la mañana estaba tomando galletas de chocolate… no puedo ni pensar en eso ahora.

–Deberías hacer otras cosas a las tres de la mañana –murmuró Flynn, levantándose–. Venga, baila conmigo.

Varias parejas se habían animado a bailar, pero a Danielle se le puso el corazón en la garganta cuando Flynn la tomó entre sus brazos. Aun así, se dejó llevar sin protestar, disfrutando el momento. Olía tan bien, era tan agradable estar a su lado. La sujetaba con fuerza, como si no quisiera dejarla ir nunca.

Bailaron despacio, pegados el uno al otro, Flynn con un brillo posesivo en los ojos que la excitaba y la turbaba al mismo tiempo.

–¿Sabías que tus ojos se vuelven grises a veces?

–¿Cuándo estoy enfadada?

–Cuando algo te gusta. Cuando te apasionas.

Danielle tragó saliva.

–No deberías decir esas cosas.

–Somos adultos. Podemos decir lo que queramos. Y hacer lo que queramos.

El corazón de Danielle se aceleró. Había otra conversación subliminal además de la que mantenían... era así desde que se conocieron.

–Yo... necesito un poco de aire fresco. Estoy un poco mareada.

–Vamos a dar un paseo.

–Sí.

Danielle no lo miró mientras pagaba la cena, pero Flynn la tomó por la cintura para salir del restaurante hacia el parque del Bicentenario. Como si fueran una pareja normal.

–¿Mejor? –preguntó él después.

–Sí, gracias. Ahí dentro hacía mucho calor.

Mientras paseaban, Danielle se obligó a sí misma a concentrarse en el parque. Pasaban a su lado parejas de diferentes edades, grupos de chicos y chicas... Desde el mar les llegaban las luces de los barcos.

Y nada de aquello podía hacerla olvidar al hombre con el que estaba, ni el roce de su mano en la cintura.

De repente, delante de ellos, Danielle vio una escena que la conmovió. Un hombre mayor estaba sentado en el suelo, llorando. Y un chico joven intentaba hacer que se levantase.

–Vamos, papá. Tengo el coche aquí al lado.

–No quiero irme a casa. Quiero quedarme aquí.

–Papá, tienes que venir a casa. Mamá ya está harta de que hagas estas cosas. Ya no puede más.

A Danielle se le encogió el corazón. Evidentemente, el hombre estaba borracho y quiso acercarse para ayudar. Pero Flynn la detuvo.

–Déjalos.

–Pero puede que necesiten ayuda…

–No la necesitan.

–Flynn, no seas tonto…

–Es un alcohólico, Danielle. No puedes hacer nada por él.

–Pero…

–No le robes la dignidad a su hijo.

El joven levantó la mirada y Danielle vio la desesperación y la vergüenza que sentía. Flynn tenía razón. No necesitaba público para aquella escena.

Instintivamente, supo entonces que Flynn había pasado por eso mismo con su padre. Y eso explicaba mucho sobre él. Debía haberse sentido tan dolido, tan humillado… ningún niño debería pasar por eso.

Volvieron al apartamento en completo silencio, sin decir una sola palabra mientras subían en el ascensor. Danielle se sorprendió a sí misma pensando que le gustaría abrazarlo, apoyar la cabeza en su pecho, consolarlo. Pero sabía que ese gesto no sería bienvenido.

Flynn Donovan era un hombre que aguantaba la vida solo, fueran cuales fueran las circunstancias.

–Flynn, sobre lo que ha pasado antes…

–Olvídalo.

–Quiero que sepas que lo entiendo.

–Me alegro.

–Gracias por la cena. Ha sido muy agradable.

–No tan agradable como tú –murmuró él, mirando sus labios.

Danielle sabía lo que quería. Sabía que toda la noche había sido un preparativo para aquel momento.

–Flynn, no…

–¿No?

–No quiero que me hagas el amor.

–¿Porque estás embarazada?

–No. Es que…

–Te deseo más de lo que había deseado nunca a una mujer –la interrumpió él, acariciando sus labios con un dedo–. Estar contigo esta noche, tenerte entre mis brazos… esa idea me está volviendo loco.

–Hay cosas que… no se pueden tener. Yo soy una de ellas.

–Dime que no me deseas –la retó Flynn–. Dame una razón para que me marche y me iré.

A Danielle empezaron a temblarle las piernas.

–No puedo…

–Te quiero en mis brazos esta noche, Danielle. Pero no quiero lamentaciones después.

Ella sabía lo que iba a hacer. Y también sabía que no debía hacerlo. Pero no podía negarse cuando lo deseaba con todas sus fuerzas. Lo único que lamentaría era no haber hecho el amor con él.

–Sin lamentaciones, Flynn –murmuró–. Esta noche, no.

Al día siguiente sería otro día.

Capítulo Seis

Le temblaban las rodillas mientras entraba en su dormitorio, con Flynn detrás. No tenía duda de que aquello era lo que quería hacer y, sin embargo, tenía miedo.

De sí misma.

De Flynn.

De la atracción sexual que había entre ellos.

–Mírame –murmuró él, tomando su cara entre las manos para asegurarse de que podía ver el brillo masculino de sus ojos. El brillo que decía que era todo hombre, todo posesión. Que la deseaba. Que la tendría.

–Flynn, yo creo... –Danielle no terminó la frase porque no sabía muy bien qué quería decir.

–No pienses. Deja que te acaricie, siente mis caricias...

El roce de sus manos era tan excitante que Danielle cerró los ojos. Flynn la acariciaba por encima de la tela del vestido, pero era como si no llevase nada.

–Ahora, ven a mí.

Ella fue por propia voluntad, más que preparada para el beso, pero no tanto para la pasión que había en él. Durante unos segundos, la lengua de Flynn acarició la suya como la brocha de un pintor la tela, cada roce añadiendo una nueva capa de sensaciones. Danielle dejó escapar un gemido mientras disfrutaba de su sabor, una mezcla de whisky y algo que no podía ser más que Flynn.

–Eres tan preciosa –murmuró, haciéndola temblar, haciendo que su corazón se acelerase, haciendo que se preguntara cómo podía haber existido antes de conocerlo–. Quiero verte toda –dijo entonces, quitándole la chaqueta, el vestido y las medias después, dejándola con unas braguitas y un sujetador de encaje negro.

De repente, Danielle sintió vergüenza.

–Flynn, yo no... –murmuró, mientras intentaba en vano cubrirse.

–No tienes que esconderme nada. Estamos solos tú y yo. No hay nadie más.

Ella sabía lo que estaba diciendo: que el

resto del mundo, incluido su hijo, tendrían que esperar por el momento.

–Entiendo.

Flynn desabrochó su sujetador y lo tiró al suelo junto al resto de la ropa. Luego empezó a acariciar sus pechos con unas manos grandes, firmes, cálidas. Inclinó la cabeza y empezó a chupar primero un pezón, luego el otro, haciéndola suspirar, haciéndola arder de deseo. Danielle enredó los dedos en su pelo y la atrajo hacia ella.

–No es suficiente –murmuró, deseando tocarlo por todas partes, deseando tocar su piel desnuda.

Antes de que pudiera decir nada más, Flynn se quitó la chaqueta y la camisa. Luego llegó a la cremallera del pantalón y Danielle dejó escapar un gemido cuando se lo quitó todo de golpe.

Era magnífico, increíblemente masculino. Tenía el torso cubierto de un fino vello oscuro que llegaba hasta… la prueba irrefutable de que la deseaba.

Con el corazón latiendo violentamente, Danielle vaciló.

–Eres tan hermoso –susurró, alargando

la mano para sujetar su miembro como una amante. Observó con satisfacción que Flynn apretaba los dientes mientras lo conocía íntimamente, oyendo sus jadeos cuando trazó con el pulgar la aterciopelada longitud...

–Ya está bien. Quiero darte placer a ti –gruñó Flynn, apartando sus manos y poniéndolas sobre su torso.

Sus ojos se oscurecieron con un deseo primitivo mientras la acariciaba íntimamente, el fino encaje de sus braguitas la última barrera entre los dos.

La boca del hombre, hambrienta, cubrió la suya y Danielle le devolvió el beso hasta que sintió que la habitación empezaba a dar vueltas; hasta que, de repente, estaba sobre la cama.

Y luego sus labios empezaron a hacer un camino desde sus pechos hasta su estómago... y hasta donde se derretía por él. Él susurraba palabras de pasión mientras le quitaba las braguitas, lamiendo un camino hacia arriba hasta el interior de sus muslos antes de besarla íntimamente. Ella gimió mientras Flynn la marcaba con su boca.

Luego, cuando la acarició con la lengua,

tuvo que agarrarse a la cama. Él aumentó el ritmo y lo mismo hizo el pulso de Danielle. Jamás se había sentido más viva.

Y quería más.

Más de él.

Más de todo.

Pero antes de que pudiera estallar de placer, Flynn se colocó entre sus muslos, sujetándose con los brazos a ambos lados de la cama para no aplastarla con su peso.

La miraba con los ojos brillantes de deseo.

–¿Estás segura? –le preguntó, esperando.

–Sí –contestó ella, sabiendo que era un hombre que no esperaba, que no preguntaba y que, sin embargo, con ella estaba haciendo un esfuerzo–. Estoy segura.

Dejando escapar un gemido ronco, Flynn apartó más sus piernas con los muslos. La penetró despacio, con cuidado, sin dejar de mirarla a los ojos. Esos ojos la devoraban mientras marcaba un ritmo lento, moviéndose dentro de ella con embestidas suaves y deliberadas que incrementaban la tensión.

Como si también él sintiera esa tensión, de repente inclinó la cabeza y buscó su boca. Y Danielle le ofreció sus labios como le ofrecía su cuerpo. Flynn lo tomó todo, besándola eróticamente, su lengua entrando y saliendo de su boca.

Y entonces sintió que se mareaba, que se ahogaba en su aroma, en la fuerza de sus envites. Nunca había sentido algo así. Nunca había sospechado que pudiera sentirlo.

Pero enseguida dejó de pensar y vivió el orgasmo más profundo de su vida, cada fibra de su cuerpo temblando por aquel hombre. Con aquel hombre.

Y no quería que terminase nunca.

Flynn permaneció dentro de ella unos segundos más, apoyándose en los brazos, mirando la radiante imagen que tenía debajo. Era tan suave, tan preciosa que no quería apartarse ni un centímetro.

Y, desde luego, no quería que otros hombres la conocieran así, pensó entonces. Era suya. Un hombre no podía hacerle el amor a una mujer como Danielle y no querer hacerla suya para siempre.

Pero estaba embarazada.

De otro hombre.

Y no había dudado en usar eso para atraparlo.

Justo entonces Danielle se movió ligeramente y Flynn decidió ignorar esos oscuros pensamientos. Había otras cosas en las que pensar cuando se estaba con una mujer tan sensual como aquella.

–¿Estás bien?

–De maravilla –contestó Danielle.

Flynn sintió la tentación de excitarla de nuevo, pero podía ver que estaba cansada. De modo que se tumbó de espaldas, apretándola contra su costado, la cabeza apoyada en la curva de su brazo.

–Flynn, estoy tan cansada…

–Duerme –dijo él.

Se quedó en silencio durante largo rato, pensando en la mujer que tenía entre sus brazos y en lo que significaba que se hubiera entregado a él. Si no supiera que era una embaucadora habría dicho que Danielle no se entregaba fácilmente. Habría dicho que tendría que importarle alguien de verdad para acostarse con él. Y, definitivamente, que para ella tendría que ser algo más que una simple atracción sexual.

Al contrario que para él.

Flynn tragó saliva y supo que estaba mintiéndose a sí mismo. Encontraba a Danielle increíblemente atractiva, pero también había empezado a gustarle en otros sentidos.

Pero eso era algo que no quería. Y con la misma determinación que lo había llevado de la pobreza a la riqueza, decidió poner a un lado sus emociones y concentrarse en lo que era importante. Y eso estaba allí, ahora.

Durante la noche la buscó y volvieron a hacer el amor. Y aquella vez fue él quien se quedó dormido en cuanto terminó.

Pero notó que Danielle se levantaba de la cama al amanecer. A la luz de la luna la vio entrar en el cuarto de baño, excitándose incluso antes de que cerrase la puerta.

Esperó su regreso, la cama se le hacía vacía y grande.

Cuando la puerta se abrió, vio que se había puesto la bata. ¿Creía que una delgada tela evitaría que la desease? ¿Que dejaría de necesitarla entre sus brazos?

Pero, en lugar de volver a la cama, en silencio ella abrió un cajón de la cómoda y sacó algo de ropa. Flynn sabía lo que iba a hacer.

Iba a salir de la habitación para pasar la noche en otro sitio. Quizá en el sofá.

Pero él no lo permitiría.

–Vuelve a la cama, Danielle.

Sorprendida, ella volvió la cabeza.

–Pensé que estabas dormido.

Él se apoyó en un codo para mirarla.

–Pues te equivocabas.

–Solo iba a…

–Quítate esa bata y vuelve a la cama –dijo Flynn entonces, levantando la sábana.

Danielle dejó la ropa sobre la cómoda y se quitó la bata, dejándola resbalar por sus hombros y exponiendo su glorioso cuerpo desnudo. Luego se tumbó a su lado y Flynn la apretó contra su pecho. Su corazón latía con fuerza cuando ella enredó los dedos en el vello de su torso en una silenciosa invitación… y pronto estaba acariciándola hasta que ella le suplicó que la tomase de nuevo. Flynn no pudo negárselo, como no podía negárselo a sí mismo. Después, los dos se quedaron dormidos, uno en brazos del otro.

***

Flynn despertó con la cara de Danielle apretada contra su pecho. Y decidió que le gustaba despertar así, al lado de una mujer tan bella. De hecho, le gustaba la idea de tenerla en su cama todo el tiempo.

Danielle empezó a moverse entonces. La sábana no escondía sus pechos, que quedaron al descubierto cuando se movió, rozando su pierna con la suya, deslizando la mano por su estómago…

De repente, se detuvo y abrió los ojos, confusa. Flynn vio que se ponía colorada. Su reacción le dijo que no estaba acostumbrada a despertar en los brazos de un hombre. Y esa idea le gustó.

–Creo que… lo mejor es que te vayas, Flynn.

–Dijimos que sin lamentaciones, Danielle.

–No es eso. Es Monica. Si viene por aquí y te ve…

Flynn se dio cuenta entonces de que Danielle le tenía miedo a su suegra. No lo admitía, pero así era.

Y después de su «encuentro» con ella el día anterior no debería sorprenderlo. Aquella mujer no estaba en sus cabales.

Quizá estaba equivocado. Quizá Monica sería capaz de hacerle daño. Y si le hacía daño a ella o al niño nunca podría perdonárselo.

Entonces se le ocurrió algo, de repente.

–Cásate conmigo.

–¿Cómo?

–Quiero que te cases conmigo –repitió Flynn.

Danielle lo miraba con los ojos muy abiertos.

–No puedes… no puedes decirlo en serio.

–¿Por qué no?

–¿Primero me acusas de buscar un certificado de matrimonio y ahora quieres casarte conmigo?

–Cambiar de opinión no es solo prerrogativa de las mujeres, querida.

Cuanto más pensaba en la idea, más le gustaba. Le daba igual que Danielle no fuera la clase de mujer que él quería que fuese. Ser una buscavidas era un defecto terrible, pero lo pasaría por alto. Además, casándose con ella la tendría controlada. Y tenía que protegerla de Monica.

–Pero tú crees que soy una mentirosa, una estafadora. Me has acusado de intentar sacarte dinero… ¿por qué has cambiado de opinión de repente?

–Porque un acuerdo prematrimonial resolvería todo eso –contestó Flynn. Si Danielle sospechaba que lo hacía por Monica se negaría–. Ah, y quiero que pongas por escrito que me serás fiel.

–Vaya, gracias.

Flynn sonrió. Él tenía dinero suficiente para darle los lujos a los que ella estaba acostumbrada. Y si firmaba el acuerdo prematrimonial y la vigilaba como un halcón podrían ser felices, se dijo.

La alternativa era, de repente, impensable.

–Lo haces porque crees que es tu obligación, ¿no?

–Le he hecho el amor a muchas mujeres, pero no me he casado con ninguna –sonrió Flynn.

–Entonces es porque estoy embarazada.

–Te pediría que te casaras conmigo estuvieras embarazada o no.

Esa era la verdad. Embarazada o no, necesitaba protegerla a toda costa. Era eso, tenía que ser eso.

–No lo entiendo, Flynn.

–Ha llegado la hora de casarme, es así de sencillo.

–¿Y eliges a una mujer a la que consideras una buscavidas? Qué bien.

–Me estoy haciendo mayor. Y tú eres la primera mujer con la que me imagino despertando cada mañana durante los próximos veinte años.

–Entonces, ¿no será para siempre?

–Hablaba en sentido figurado –sonrió él.

–¿Y querrás tener hijos?

La sonrisa de Flynn desapareció. ¿Hijos? Había jurado no tenerlos. Había jurado no arriesgar la vida de una mujer solo para procrear.

Pero ahora ese juramento le había sido arrancado de las manos. Danielle iba a tener un hijo temiese él por su vida o no. Por supuesto, se aseguraría de que tuviera los mejores cuidados médicos. Y ahora era muy extraño que una mujer muriese de parto, se dijo a sí mismo.

–Claro que quiero tener hijos. Contigo.

–¿Y qué pasará con este niño? –preguntó ella, llevándose una mano al abdomen.

–Lo criaré como si fuera mío.

–¿Pero lo querrás como si fuera tuyo?

–Sí –contestó Flynn.

Y era cierto. El niño no tenía la culpa de nada y merecía ser querido y protegido. Además, siendo hijo de Danielle sería especial.

–No, lo siento, no puedo casarme contigo. No quiero casarme con nadie –dijo ella entonces.

Su matrimonio con Robert debía provocarle muy tristes recuerdos, pensó Flynn.

–Si te casas conmigo no tendrías que volver a preocuparte por el dinero. Yo puedo darte todo lo que necesitas.

–Una vez que haya firmado el acuerdo, ¿no? Eres tan calculador como mi marido.

–Querrás decir tu difunto marido. ¿Qué te hizo, Danielle?

–Nada –contestó ella, sin mirarlo.

–Dímelo. Quiero saberlo.

Danielle se mordió los labios, pero cuando lo miró en sus ojos había un brillo de sinceridad.

–Me ahogaba, Flynn. Me ahogaba hasta que no podía hacer un movimiento sin él. Hasta que no podía respirar. Era como su madre.

–Quizá quería… mimarte –sugirió él.

–¿Mimarme? –sonrió Danielle–. ¿Asegurándose de que no estaba sola ni un momento? ¿Criticando todo lo que hacía? No, el único que estaba mimado era Robert. Pero no me di cuenta hasta después de casarme con él.

–Yo no te haría eso –dijo Flynn.

–Lo estás haciendo ya. Solo me he acostado contigo, no esperaba una proposición de matrimonio.

Flynn intentó relajarse. Le demostraría que las cosas serían diferentes con él. Le demostraría que podía hacerlo.

–No te estoy pidiendo que te cortes un brazo, Danielle.

–Eso sería más fácil que la lenta tortura de ser asfixiada hasta la muerte.

Su marido había cometido esos errores, no él. Y él no quería pagar por los errores de otro hombre; sobre todo de un hombre muerto.

–No vas a recibir una oferta mejor.

–No quiero una oferta mejor –replicó Danielle–. No quiero ninguna oferta –añadió, levantándose para ir al baño–. Y Flynn... este no es el principio de una aventura. Este es el final de una aventura.

Él la vio cerrar la puerta sin decir nada, pero

no estaba de acuerdo. No había llegado donde estaba rindiéndose ante la primera dificultad cuando quería algo. Y no solo quería proteger a Danielle y a su hijo, sino que quería tener a Danielle en su vida, por muy absurdo que sonara.

Y él siempre conseguía lo que deseaba.

Capítulo Siete

Danielle apoyó las manos en el lavabo e intentó que se le deshiciera el nudo que tenía en la garganta.

¡Casarse con él!

¿Cómo podía hacerle eso? ¿Cómo podía estropearlo todo con una proposición de matrimonio? Flynn Donovan era la última persona en el mundo de la que habría esperado eso. La última persona que desearía atarse a alguien. Después de todo, era un hombre que debía tener una lista interminable de mujeres esperándolo…

Y, sin embargo, la quería a ella.

La supuesta buscavidas. La supuesta estafadora. La supuesta mujer que haría cualquier cosa por llamar su atención.

No lo entendía. Pero daba igual. Ella no podría soportar otro matrimonio con un hombre que quisiera poseerla, agobiarla, dictarle lo que tenía que hacer y cómo. Lo único que ella quería era su independencia.

Pero tenía que ser fuerte. No debía olvidar lo que Robert le había hecho en nombre del amor. No debía olvidar que Robert había querido saber dónde estaba cada minuto del día, con quién había comido, a quién había visto. Ni las sugerencias sobre lo que debía ponerse, no solo por parte de Robert sino de su madre. Ni las críticas cuando daba una opinión... hasta que dejó de darlas.

Era muy joven cuando se casó y estaba deseando enamorase cuando conoció a Robert. Echaba de menos a sus padres y había querido que alguien la amase.

Pero había elegido al hombre equivocado, a la familia equivocada. Y para cuando lo descubrió ya era demasiado tarde. Estaba casada con Robert Ford.

Y con su madre.

¿Y Flynn quería devolverla a ese infierno?

No, no pensaba volver a cometer ese error.

Afortunadamente, Flynn se había ido cuando volvió del baño y Danielle salió a dar un paseo por el jardín botánico. Pero ni siquiera los hermosos jardines tropicales consiguieron calmarla... incluso tenía la absurda sensación de que alguien la seguía y no dejaba de mirar por encima del hombro.

Pasó el resto del día en casa, esperando que Flynn volviera para seguir presionándola.

Qué cara.

Había luchado mucho para llegar a ese momento de su vida y, embarazada o no, lo último que deseaba era sentirse atrapada otra vez en un matrimonio sin amor. Y estaría atrapada. Atrapada por un hombre que pensaba que las mujeres valían solo para una cosa.

Afortunadamente, estaba embarazada. Lo que Flynn Donovan más temía era lo que iba a salvarla de sus garras.

Su hijo.

Al final, Flynn no fue a su casa y tampoco lo hizo Monica. De modo que se puso a limpiar el apartamento y a colocar, por enésima vez, la ropita de bebé que le había regalado su amiga Angie.

Le temblaban las manos mientras colocaba los patucos, las camisetitas. En seis meses tendría a su hijo en brazos, pensó. Había intentado prepararse para ese momento, pero seguía pareciéndole increíble.

***

Desgraciadamente, no estaba preparada para la bomba que recibió al día siguiente en el trabajo. Ben Richmond, el hombre que le había alquilado el ático, pasó por la boutique cuando Angie había salido al banco.

–Hola, Danielle.

–Hola, Ben. ¿Qué haces por aquí?

–Danielle, verás… tengo que hacerte una pregunta –dijo el hombre, nervioso.

–Dime.

–¿Estás embarazada?

–Pues… sí –contestó ella, sorprendida.

–Entonces, ¿vas a tener un niño?

–Eso parece. ¿Por qué lo preguntas?

–Es que… Verás... el contrato de alquiler que firmaste especifica que el inquilino no puede tener niños.

–¿Qué?

–Que no se admiten niños en ese edificio. Si dependiera de mí… –se disculpó Ben–. Pero no es así.

–¿Estás diciendo que tengo que irme de mi apartamento, de mi casa?

–No te preocupes. No vamos a echarte mañana ni nada parecido. Pero el propietario insiste en que te marches lo antes posible. Lo lamenta mucho, pero…

–Pero yo no recuerdo ninguna cláusula sobre eso.

–Está en el contrato, Danielle. Yo no te dije nada porque no sabía que estuvieras embarazada.

Danielle apretó los labios.

–Tardé mucho tiempo en encontrar un sitio que me gustase y ahora tengo que ponerme a buscar otra vez.

–No te disgustes –intentó consolarla Ben–. Yo te ayudaré. Tengo un par de sitios en mente no lejos del ático. Te gustarán, te lo prometo.

La idea de volver a mudarse la llenaba de horror. ¿Y si no encontraba nada que le gustase? ¿Y si no podía pagar otro apartamento? Entonces tendría que volver con Monica.

–¿Te encuentras bien?

–Sí, sí… ya se me pasará –contestó Danielle.

–¿Quieres que te llame mañana? A lo mejor para entonces ya he encontrado algo.

–Sí, Ben. Como quieras.

–Lo siento mucho, Danielle.

–Sí, lo sé. Ben… ¿podrías decirme quién se ha quejado? Porque alguien tiene que haberos avisado de que estoy embarazada.

–No lo sé. El propietario llamó a mi jefe y él me lo dijo.

–Ya, claro.

Cuando Ben salió de la boutique, Danielle se dejó caer sobre una silla. ¿Quién podía haber dado el chivatazo? Apenas se hablaba con nadie en el edificio y era imposible que hubieran notado el embarazo…

¡Flynn! ¿Podría haber sido Flynn? ¿Podría caer tan bajo para obligarla a casarse con él?

De repente todo tenía sentido. Solo podía ser él.

¿Cómo podía hacerle eso? Se habían acostado juntos una noche y, de repente, quería dirigir su vida. Como Robert.

Pues Flynn Donovan iba a llevarse una sorpresa. Y no iba a gustarle nada.

Pero cuando llegó a su oficina su secretaria le dijo que había ido a casa a buscar la maleta porque se iba a París por la tarde.

Danielle tragó saliva. Estaba a punto de perder su casa y el instigador se iba de la ciudad.

–Voy a darle su dirección –sonrió la secretaria–. No creo que le importe.

No iba a gustarle nada, pero no pensaba decírselo. Aunque esperaba que la pobre mujer no se metiera en un lío por su culpa.

–Es usted muy amable.

–Me alegro de poder ayudar –sonrió ella–. Pero será mejor que se dé prisa.

Diez minutos después, paraba el coche frente a una de las casas del paseo marítimo. Y allí estaba el Mercedes de Flynn. Danielle miró la casa de dos pisos con sus ventanales frente al mar… La gente que vivía allí nunca tenía que preocuparse por nada. Nunca se quedaba en la calle.

Al contrario que ella.

Estaba subiendo los escalones de la entrada cuando la puerta se abrió y Flynn salió con una pareja mayor. Por un momento se quedó desconcertada, pero se recuperó enseguida.

–¡Ahí estás, cobarde!

Decir que Flynn se había quedado sorprendido era decir poco, pero intentó disimular.

¿Qué estaba haciendo Danielle allí? ¿Y por qué estaba tan furiosa?

–Hola. ¿Quieres entrar?

–Ah, claro, sé amable. Que tus empleados no sepan qué clase de hombre eres.

–Pero…

–¡Estoy embarazada y a Flynn Donovan no le importa que tenga a mi hijo en la calle!

–Danielle, por favor. No sé cuál es tu problema, pero sugiero que lo hablemos en privado –dijo Flynn entonces, tomándola del brazo para llevarla a su estudio–. ¿Se puede saber qué te pasa?

–No finjas que no lo sabes.

–Es que no lo sé. No sé de qué estás hablando.

–¿No has llamado al propietario de mi edificio para decirle que estoy embarazada?

–¿Qué?

–Debes haberte enterado de que no admitían niños en el edificio. ¡Y ahora no tengo dónde vivir!

–¿Tú crees que yo haría eso?

–¿Por qué no? Haces cosas peores.

–¿Incluso después de lo de anoche?

–¡Especialmente después de lo de anoche!

–Lo siento, pero no veo la conexión.

–Tú eres el único que puede haber avisado al propietario del ático. Me has dejado en la calle para que tenga que casarme contigo, ¿vas a negarlo?

Flynn hizo una mueca. ¿Era aquella la misma mujer con la que había hecho el amor por la noche? ¿La misma mujer que le había suplicado que le hiciera el amor?

–Danielle, te doy mi palabra de que yo no tengo nada que ver con eso.

Pero sabía quién era el responsable.

Monica.

Afortunadamente, había puesto a alguien vigilándola, una mujer discreta y profesional que cuidaría de Danielle hasta que él volviese de París.

–¿Cómo voy a creerte?

–En lo que respecta a los negocios, mi palabra es más que suficiente.

–Esto no es un negocio, es algo personal –protestó Danielle. Pero en cuanto lo dijo se puso colorada.

–Sí, muy personal –sonrió Flynn, encantado con su reacción.

–Sabes que no me refería a eso.

–No puedo evitar que pienses mal de mí, pero hacer que dejen a alguien en la calle no es mi estilo.

Danielle lo miró fijamente, como si quisiera leer la verdad en sus ojos.

–¿Por qué te creo?

–Porque sabes que es la verdad –suspiró Flynn, tirando de ella, apretándola contra su entrepierna para que sintiera lo que le hacía.

–No –murmuró Danielle, apartándose.

–Es una batalla perdida.

–No va a haber ninguna batalla, Flynn –contestó ella, sabiendo que se refería a otra cosa–. Tengo que irme del ático, no hay nada que hacer.

–La persona que te alquiló el apartamento debería haberte informado sobre esa cláusula. ¿Es amigo tuyo?

–Era amigo de mi marido.

–Ah, ya.

–Ben no sabía nada sobre el niño. Me buscó el ático porque... no sé, creo que le daba pena que tuviera que vivir con Monica.

Flynn sospechaba que estaba diciendo la verdad. Claro que era un hombre. Y cualquier hombre querría llevarse a Danielle a la cama.

Y estaba claro que a ella ni siquiera se le había ocurrido sospechar de su suegra. Monica estaba siendo tan vengativa por su culpa.

La había enfurecido y ahora se vengaba con Danielle.

Aunque cualquier intento de recuperar a Danielle haría que esta saliera corriendo. Hacia él.

Ah, aquello podía acabar mejor de lo que había pensado.

–Bueno, ¿qué más da? El daño ya está hecho. Ben me ha dicho que a lo mejor encuentra otro apartamento…

Flynn apretó los labios. Aquel Ben le parecía demasiado servicial.

–Podrías demandarlos.

–¿Y meterme en juicios? No, por favor. Me horroriza. Además, prefiero no quedarme donde no se me quiere.

A Flynn no le gustaba verla tan triste y, de nuevo, pensó que Danielle Ford no era la mujer que había pensado.

–Yo conozco un sitio en el que sí se te quiere. Y mucho.

–Gracias, pero me las arreglaré.

–Venga, te llevo a casa.

–He venido en coche.

–No pienso dejar que conduzcas con ese disgusto.

–¿No tenías que irte a París?

Connie debía habérselo dicho, pensó Flynn. Además de darle su dirección. Aunque no le importaba.

Entonces miró su Rolex. Podía retrasar la reunión o enviar a otra persona, preferiblemente esto último.

–No voy a ir.

–Pero…

–Voy a llevarte a casa.

–Flynn, no tienes que llevarme a casa. Puedo ir yo sola.

–No –insistió él, mirándola con una ternura inesperada–. Siéntate y relájate un momento. Vuelvo enseguida.

En cuanto Danielle entró en su casa y miró lo que tan pronto se había convertido en su hogar se sintió invadida por la desesperación. Echaría de menos aquel espacioso apartamento, las vistas…

Pero no era solo eso. Aquél había sido su nuevo principio. Se sentía segura allí.

Y ahora todo había terminado.

Flynn apretó su cintura y, por una vez, supo

que tenía alguien en quien apoyarse. En él. Pero sería la última vez, se prometió a sí misma. Los brazos de Flynn Donovan eran demasiado cálidos, demasiado reconfortantes.

–Lo siento –murmuró, sacando un pañuelo del bolsillo–. Es que no me esperaba este disgusto.

–No tienes que disculparte.

Danielle lo miró. Y en ese momento se dio cuenta de que no era solo su apartamento lo que la hacía sentir segura. Era Flynn. Se sentía protegida, como jamás se había sentido. Al contrario que con Robert.

Robert. Se le hizo un nudo en la garganta al pensar en él, pero decidió apartar los malos recuerdos y concentrarse en el presente. Estaba a punto de perder su casa.

–Flynn, yo pensé que esta sería mi casa durante un par de años por lo menos. Va a ser tan difícil marcharse…

–Intenta no preocuparte por eso.

–¿Cómo no voy a preocuparme? Firmé un contrato de buena fe. Siempre firmo las cosas después de leerlas cuidadosamente. Incluso habría firmado esos papeles que Robert quería que firmase…

Danielle no terminó la frase.

–¿Estás hablando del préstamo?

Ella se mordió los labios. ¿Si le contaba la verdad se lo diría a Monica? ¿Podría suplicarle que no lo hiciera? Sí, por su hijo, lo haría.

–¿Danielle?

–Sí, Flynn, estoy hablando del préstamo –suspiró por fin–. Robert falsificó mi firma. Yo no sabía nada de ese préstamo, nada en absoluto. Robert intentó que firmase unos papeles, pero no quiso decirme para qué eran y eso me hizo sospechar. Así que no los firmé. Y no volví a oír nada sobre el tema hasta que recibí tu carta. Y ni siquiera entonces se me ocurrió pensar que Robert hubiera falsificado mi firma. ¿Pero por qué vas a creerme ahora si no me creías antes?

–Ahora te conozco y sé que estás diciendo la verdad.

–Ah, qué magnánimo.

–No soy tan mala persona. ¿Pero por qué no me lo contaste antes? ¿Qué estás intentando esconder, Danielle?

–Pensé que se lo dirías a Monica y que Monica usaría eso contra mí...

–¿Cómo?

–Monica quiere quedarse con el niño a toda costa y pensé que usaría lo del préstamo en mi contra. Por eso te mandaba los cheques. No quería arriesgarme a que ella supiera nada sobre el asunto. Si tú no creías que mi firma era falsificada, Monica podría decidir no creerlo tampoco. Y sabía que usaría cualquier treta para quitarme a mi hijo. Aún podría hacerlo.

–Por encima de mi cadáver.

–Gracias, Flynn.

–Por eso te pusiste tan nerviosa el día que Monica me pilló aquí, ¿no?

–Sí, por eso.

–Danielle, yo no le habría hablado del préstamo entonces y no debes temer que se lo diga ahora. Esa mujer es la última persona en el mundo que debería criar un niño. Cualquier niño.

Danielle tragó saliva.

–Desgraciadamente, nada de esto resuelve mi problema.

–¿Por qué no esperas a ver qué pasa?

Eso era fácil de decir cuando se tenía dinero. Él podía irse a vivir a un hotel. Incluso podría comprar el hotel.

–No, tengo que enfrentarme con la realidad

ahora. No tiene sentido enterrar la cabeza en la arena.

–Ya encontraremos alguna solución, no te preocupes.

–Flynn, en caso de que no lo haya dejado claro, no necesito tu ayuda.

–Si te casaras conmigo al menos no tendrías que preocuparte por eso.

Danielle lo miró con los ojos muy abiertos.

–Ben encontrará un apartamento para mí.

–¡Olvídate de Ben! Te meterá en algún agujero diminuto en el peor barrio de Darwin…

–Pues a ti parece que no te ha ido tan mal.

–No todos los chicos de mi barrio acabaron siendo millonarios, Danielle.

–¿Nadie más que tú y tus amigos tenía cerebro? –rio ella.

–Cásate conmigo.

–No.

–Serás muy feliz. Te lo prometo.

–No hagas promesas que no puedes cumplir.

Flynn apretó los dientes.

–¿Quieres que tu hijo sufra sin un padre?

–Eso no es justo. Pienso ser la mejor madre del mundo para él.

–Pero tú tuviste un padre y una madre. ¿Vas a negarle a tu hijo algo que debería tener, algo que tienen la mayoría de los niños?

–Quizá me case algún día, pero con el hombre adecuado. Y ese hombre no eres tú.

–¿Por qué no?

–Porque eres… un poco manipulador.

–¿Yo?

–Usar el sexo para conseguir lo que quieres es ser un manipulador. Y me parece muy curioso que no hayas mencionado para nada la palabra amor, por cierto. La gente suele casarse por amor.

–Prefiero no empezar el matrimonio con expectativas exageradas.

–No… pienso… casarme… contigo.

–Seguro que aprenderíamos a querernos con el tiempo. Seríamos felices.

–No.

–Danielle, no quiero discutir.

–¡Ni yo tampoco!

De repente, Danielle tuvo que agarrarse a él. De nuevo había vuelto a marearse. Y aquella vez era más fuerte que nunca.

–¿Qué te pasa? ¿Te has mareado?

–Sí, un poco.

–Eso te ocurre demasiado a menudo. Voy a llamar a mi médico… y no quiero discutir.

Aquella vez, tampoco Danielle quería discutir. Últimamente no se encontraba bien y no quería arriesgarse a perder el niño. No podía. Su hijo era lo único por lo que merecía la pena vivir.

–¿Cómo te encuentras, mejor? –murmuró él, después de llevarla a la cama.

–Un poco.

Flynn se sentó a su lado y apretó su mano.

–No voy a dejar que te pase nada ni a ti ni al niño.

–Flynn, tú no puedes…

–Habíamos quedado en que no ibas a discutir –la interrumpió él.

–No puedes culparte a ti mismo por mis mareos.

–En parte son culpa mía. Siempre estamos discutiendo…

Danielle sonrió.

–¿Cuánto crees que tardará en venir el médico?

–Poco si sabe lo que es bueno para él.

Qué hombre tan contradictorio era Flynn Donovan, pensó Danielle.

***

Unos minutos más tarde llegó el médico, Mike, y después de examinarla anunció que todo estaba bien.

–¿Ha estado estresada últimamente? ¿Come bien, duerme ocho horas?

–Está muy estresada –contestó Flynn.

–Pues espero que no viva sola.

–Vive sola –volvió a decir Flynn, antes de que ella pudiera intervenir.

–No es buena idea. ¿Tiene algún amigo, algún pariente? Debe descansar, señora Ford. Si no, me temo que tendré que recomendar su ingreso en el hospital.

–Pues…

–Se quedará en mi casa –la interrumpió Flynn.

–Estupendo –sonrió Mike–. Pero debe descansar mucho a partir de ahora, jovencita. Nada de trabajo durante una semana y tenga cuidado después –luego miró a Flynn–. Las relaciones sexuales no serán un problema.

–Ah, muy bien.

Danielle estaba tan angustiada que no prestó demasiada atención a la conversación. Pero cuando Mike se marchó se le ocurrió algo.

–Lo habíais planeado, ¿verdad?

–¿Quieres que llame a Mike otra vez? Seguro que le encantará que cuestiones su integridad. Por no hablar de la mía.

–Bueno, de acuerdo, me había equivocado.

–Vas a venirte a mi casa. Estás enferma y no puedes cuidarte tú sola. Además, como tienes que irte del ático…

Danielle podía sentir que Flynn se la tragaba con sus tácticas.

–No pienso seguir siendo tu amante. Tengo que pensar en mi hijo. Encontraré otro sitio.

–¿Y luego qué? ¿Te dejo sola para que te pongas enferma y te mueras?

–No exageres, estoy bien. Mike acaba de decirlo.

–Por favor, Danielle. Deja que haga esto por ti. Tú no lo entiendes, pero es muy importante para mí.

Se sentía culpable, estaba claro. Y eso la enterneció.

Si se quedaba en el ático sería solo algo temporal… Podría ponerse enferma, incluso arriesgar la vida de su hijo.

Pero si se iba a casa de Flynn, ¿lo entendería él como un sí? Quizá podrían llegar a una tregua, pensó.

–Muy bien, me iré a tu casa –dijo por fin–. Hasta que tenga el niño.

Luego volvería a trabajar, alquilaría un apartamento lejos de Monica… y más lejos de Flynn.

En los ojos del hombre vio un brillo de satisfacción, pero fue su postura, el gesto de alivio lo que la aseguró que había hecho bien.

–Estás haciendo lo que debes.

–¿Para quién, Flynn? ¿Para ti o para mí?

–Para tu hijo.

Capítulo Ocho

Louise y Thomas, el matrimonio que atendía la casa, le pareció muy agradable. Pero cuando descubrió que Flynn había contratado a una enfermera para que cuidase de ella Danielle estuvo a punto de darse la vuelta. Era demasiado. Todo estaba ocurriendo tan rápido…

Agotada, se metió en la cama y dejó que Jean, una mujer muy cariñosa, la atendiera.

Pero cuando despertó, unas horas después, y pensó en lo que Monica diría de todo aquello se le hizo un nudo en el estómago. Su suegra se había ido a Palm Springs para estar con su hermana unos días, de modo que al menos se ahorraba darle explicaciones por el momento.

Se lo contó a Flynn cuando fue a verla una hora después.

–Yo me encargo de Monica, no te preocupes.

–No, tengo que hablar yo con ella.

–No quiero que te disgustes. No, el médico ha dicho que no debías disgustarte –insistió Flynn–. Por cierto, casi no has cenado nada.

–No tengo hambre.

–Pero tienes que comer algo.

Fue entonces cuando se dio cuenta de que Flynn parecía cansado. También había sido un día largo para él.

–¿Tú has cenado?

Él pareció sorprendido por la pregunta.

–No. Había pensado cenar aquí y hacerte compañía.

–¿Aquí?

–Este es nuestro dormitorio, Danielle.

–No recuerdo haber aceptado dormir contigo.

–Y yo no recuerdo habértelo preguntado.

–Flynn, no…

Todo empezaba otra vez. Como Robert, ahogándola, asfixiándola.

Él pareció leer sus pensamientos.

–Olvídate de él.

–No puedo.

–Enfréntate a los hechos, Danielle. Él solo te deseaba físicamente porque no podía tenerte emocionalmente. Por eso no te dejaba ir. Por eso no se atrevía a dejarte tu espacio. Pero yo no soy él.

Danielle sabía que tenía razón. Y le dolía que el hombre que había sido su marido la hubiera usado de esa manera.

–¿Y tus razones son diferentes a las de Robert?

–Mis razones son mis razones, pero voy a decirte una cosa: son más nobles que las suyas.

Era cierto y Danielle lo sabía. A pesar de su actitud tiránica al principio, durante aquellos días había ido descubriendo al otro Flynn, el que mantenía guardado, escondido. Y ese hombre había llenado un vacío que nadie más había llenado en toda su vida.

Ni Robert.

Ni Monica.

En cuanto a esta última, tuvo oportunidad de hablar con ella antes de lo que esperaba. Porque aquella misma noche la llamó por teléfono.

–¿Cómo ha conseguido este número?

–Hice que traspasaran todas tus llamadas aquí.

Flynn no quería que hablase con ella, pero Danielle sabía que debía hacerlo.

–Si no contesto, se preocupará. No puedo hacerle eso.

–¿Prefieres llevarte una bronca?

–Tengo que contestar. Dame el teléfono.

La conversación no fue muy agradable. Su suegra insistía en que todo aquello era cosa de Flynn, que le había lavado el cerebro, que quería algo sucio de ella... incluso que quería robarle a su nieto.

Danielle, angustiada, tuvo que apartarse el teléfono de la oreja cuando empezó a gritar, pero Flynn se lo quitó de la mano.

–Monica, soy Flynn Donovan. Danielle va a quedarse unos días conmigo. Acostúmbrate a la idea.

Y después de eso, colgó.

–Flynn...

–No dejes que te manipule, Danielle.

–No sabes con quién te enfrentas –suspiró ella.

–La única persona que me importa eres tú, cariño.

***

Una hora después, Danielle estaba leyendo una revista cuando oyó voces airadas en el pasillo. Y una de ellas era la de… ¡la de Monica!

Que entró en su habitación como una tromba un segundo después.

–¡No me lo puedo creer! ¡La has secuestrado!

–Danielle no ha sido secuestrada. Ha venido por propia voluntad, aunque dudo que tú entiendas ese concepto –suspiró Flynn.

–Mira quién habla. A Danielle ni siquiera le caes bien. Ella misma me lo dijo. ¡Te odia! ¡Por eso la has secuestrado!

Danielle había oído más que suficiente.

–Flynn tiene razón, Monica. He venido por propia voluntad.

–¡No tienes que decir eso solo porque él está aquí! Yo te protegeré.

–¿De qué? ¿De qué quieres protegerme? Flynn no me ha hecho nada, al contrario. Se ha portado muy bien conmigo.

–Deberías haber venido a mi casa…

–No hace falta. Estoy bien aquí.

Monica la agarró entonces por la muñeca.

–¿Pero no te das cuenta de que él solo quiere una cosa de ti?

–Lo único que quiero de Danielle es que se case conmigo.

–¡Casarse contigo! No puedes casarte con ella. Está embarazada de mi hijo, es el hijo de Robert.

–El niño también es parte de Danielle y, como mi mujer, también será parte de mi vida.

–Tú nunca podrías amar al hijo de otro hombre –replicó Monica, airada.

–Al contrario.

Algo le ocurrió a Danielle al oír esas palabras. No sabía por qué ni intentó entenderlo, pero por primera vez desde la muerte de sus padres sintió que su corazón estaba lleno.

–¡A ti no te importan ni Danielle ni el niño!

–No soy yo el que está gritando cuando ella no se encuentra bien –replicó Flynn.

–Danielle, ¿cómo puedes hacerme esto? Tú sabes que el niño es de Robbie. ¡Es mío!

–Vete de mi casa –dijo Flynn entonces–. No voy a permitir que la manipules.

–¿Yo? ¡Eres tú quien la está manipulando! Tú quien quiere algo de ella... todo esto es culpa tuya.

–No, Monica, es culpa tuya –dijo Danielle–. Tú mimaste tanto a Robert que lo convertiste en un hombre sin carácter, una persona que lo quería todo sin dar nada a cambio.

–¡Pero tú eras su mujer!

–Era su mujer, no su esclava. Yo también tenía derechos.

Monica abrió la boca y volvió a cerrarla. Y entonces algo pareció romperse dentro de ella.

–Era mi hijo. ¡Mi hijo! Y ahora está muerto. ¿Qué voy a hacer? ¿Qué voy a hacer sin mi Robbie?

Flynn le hizo una seña a Jean.

–Flynn…

–No, deja que ella se encargue. Es una profesional.

Jean tomó a Monica por la cintura y la sacó suavemente de la habitación.

–Monica es la responsable de que me echaran del apartamento, ¿verdad?

–Sí, creo que sí –contestó él.

–Y tú querías protegerme de ella.

–Sí. Pero esa no es la única razón por la que te he pedido que te cases conmigo.

–¿No?

–No, Danielle. Me siento muy atraído por ti. Quiero que seas mi esposa. Por mí, no por Monica. Pero si después de que nazca el niño quieres marcharte… no te detendré. Y te debo una disculpa por todo lo demás. Por cómo te he tratado, por lo que he pensado de ti, por creer las mentiras que contó Robert…

–Déjalo, Flynn.

–Aunque sospecho que todo eso no es más que la punta del iceberg.

–Sí, me temo que así es.

–Cuéntamelo, Danielle.

Ella dejó escapar un largo, largo suspiro.

–Casarnos fue un error desde el principio, pero yo quise creer que no era así. Después de un tiempo ya ni siquiera podía disimular...

–¿Lo querías?

–Pensé que lo quería, pero pronto descubrí que su idea del matrimonio era muy diferente a la mía. Él quería amor incondicional y yo… yo quería ser libre.

–Pero te quedaste embarazada.

–Fue un error, un accidente. Yo no habría querido que un niño se criase en ese ambiente. Robert me juró que todo sería diferente, que iba a cambiar, que no iba a dejarse manipular por su madre, pero… murió en un accidente una semana después.

Flynn la miró, pensativo.

–Siento lo que te hizo, lo que te hicieron. Ojalá pudiera borrar esa etapa de tu vida.

De repente, los ojos de Danielle se llenaron de lágrimas.

–Ya lo has hecho. Cuando hacemos el amor me haces sentir como una mujer, no como una pobre excusa de esposa.

–Tú nunca serías una pobre excusa de nada.

–Gracias –murmuró ella.

Una hora después, cuando Danielle se había quedado dormida, Flynn bajó al estudio y se sirvió una copa de whisky. Debería haberle quemado la garganta, pero no era así. Estaba ardiendo por dentro. Ardiendo por tomar a un hombre muerto del pescuezo y arrancarle el corazón.

Y Monica. A la que Jean había tenido que llevar a casa después de darle un calmante. Menuda pareja.

Pero lo peor de todo era que él le había hecho lo mismo que su marido y su suegra. La había tratado mal, la había despreciado… pobre Danielle. No podía perdonárselo a sí mismo.

Connie le había entregado por la mañana el informe que había encargado sobre Danielle y su marido. Y esa información lo había puesto enfermo. Ahora sabía que todas sus acusaciones habían sido infundadas. Danielle no era una buscavidas y no se había gastado el dinero del préstamo.

Y, a pesar de lo mal que se había portado con ella, Danielle lo había perdonado.

Flynn volvió a tomar otro trago de whisky. Había hecho falta una seductora rubia de ojos azules para recordarle que el mundo no se había hecho a medida de Flynn Donovan. Se sentía humilde y esa era una sensación que no había tenido en mucho tiempo.

Capítulo Nueve

Dos semanas después, Flynn tuvo que ir a Brisbane para una reunión de negocios y Danielle descubrió que lo echaba de menos. Nada era lo mismo sin él. Los días eran eternos, las noches solitarias…

Sin embargo, ninguno de los dos había pronunciado la palabra amor.

–Lo echas de menos, ¿verdad? –le preguntó Louise.

–Pero si se marchó ayer –bromeó Danielle.

–Te estás engañando a ti misma, niña.

–¿Yo?

–Flynn te necesita. Y a tu hijo. Sé que le haces feliz, Danielle, y eso me hace feliz a mí. Lo recuerdo de niño y era un niño muy triste…

–¿Lo conociste de pequeño?

–Claro. Yo vivía cerca de su casa.

–¿Por qué nadie lo ayudó entonces, Louise?

–Todos lo intentamos, pero su padre era un

hombre orgulloso y no aceptaba ayuda de nadie.

–¿Cómo murió su madre?

–De parto.

Danielle se llevó una mano al corazón.

–¿La madre de Flynn murió dando a luz?

–Sí, pero eso no va a pasarte a ti. Las cosas han cambiado mucho y las mujeres ahora tienen unos partos facilísimos. Entonces no había tratamientos ni nada.

¿Su madre había muerto de parto y Flynn no se lo había contado? Bueno, quizá no quería asustarla.

–Lo quieres, Danielle –dijo Louise entonces–. Sé que lo quieres. Lo veo en tus ojos.

–No, yo no… te equivocas.

–No, no me equivoco –sonrió la mujer.

Cuando se quedó sola, Danielle empezó a pasear por la habitación. Se sentía atraída por Flynn. Más que eso.

Sí, mucho más que eso.

Algo se abrió entonces dentro de ella, algo que completó el círculo que había empezado a dibujarse el día que lo conoció. Louise tenía razón. Estaba enamorada de él.

Amaba a Flynn Donovan.

Había estado demasiado ciega como para verlo, pero era cierto. ¿Cambiaba eso algo?, se preguntó entonces. ¿Podría casarse con él sabiendo que Flynn no la amaba?

¿Podría casarse con un hombre a quien solo le interesaba en la cama?

De repente, sintió un estremecimiento. Y cuando miró hacia el patio lo vio allí, de pie, imponente a la luz del atardecer.

–¡Flynn!

En un segundo, él estaba a su lado, besándola con una pasión que la hizo suspirar. Danielle se derritió, dejando que tomase sus labios como una ofrenda de amor.

–Estás contenta de verme –murmuró, con una sonrisa de pura satisfacción en los labios.

–Estaba aburrida. Tu regreso rompe la monotonía.

–Ah, me alegro de servir para algo.

–¿Has solucionado el problema en la oficina de Brisbane?

–No, tengo que volver mañana.

–¿Mañana? –repitió ella–. ¿Y qué haces aquí?

–Quería verte. Dime una cosa: ¿sigues pensando que yo no te dejaría respirar?

De repente, Danielle se dio cuenta de algo. No estaba preocupado por sofocarla. Estaba preocupado por cuidar de ella. No quería controlar su vida sino protegerla.

–No, ya no lo pienso.

–Me alegro –sonrió Flynn–. ¿Te apetece que vayamos a nadar un rato?

–Acabo de hacerlo y estoy un poco cansada.

–Ah, muy bien.

–Pero iré enseguida para hacerte compañía –dijo Danielle entonces.

Cuando Flynn se alejó, habría podido jurar que sus movimientos eran torpes, como si estuviera tenso o nervioso.

Pero quizá era cosa de su imaginación.

Durante las semanas siguientes, mientras el niño seguía creciendo dentro de ella, Danielle se dio cuenta de que su relación con Flynn era diferente. Por alguna razón, había cambiado. No parecía tan duro, ni tan solitario como antes.

Sabía que ella también había cambiado. ¿Cómo no iba a hacerlo? Amar a Flynn un día le rompería el corazón, pero eso sería en el futuro. Por el momento se sentía más en paz consigo misma que nunca.

Claro que amándolo era más difícil levantar barreras. Había intentado mantener la distancia, pero era imposible. Cuando Flynn la tomaba entre sus brazos, cuando sabía que la deseaba y que la seguiría deseando… se derretía.

Y quería olvidar que cuando naciera su hijo tendría que decirle adiós al hombre del que estaba enamorada.

Danielle estaba soñando con agua. Estaba nadando en el mar y se sentía viva, alegre… Pero, de repente, el sueño cambiaba. El agua se volvía fría y empezaba a dolerle el estómago. Estaba ahogándose. Y cuando alargó la mano para tocar a Flynn, él no estaba allí.

Despertó, asustada, al darse cuenta de que el dolor de estómago era real. Pero cuando levantó la sábana vio que todo estaba bien. No pasaba nada.

De repente, volvió a sentir un dolor…

¡El niño!

Asustada, alargó la mano para llamar a Flynn a la oficina, pero él le había dicho que tenía una reunión importante. ¿Debía interrumpirlo?

Además, después de lo que había sufrido con la muerte de su madre, Danielle no quería que tuviera que pasar por lo mismo otra vez.

Si ella perdía el niño... no, no podía hacerle eso a Flynn.

Iría al hospital por su cuenta y lo llamaría desde allí. El dolor era en la parte baja del abdomen, pero aún podía caminar, de modo que se vistió y llamó a Thomas para pedirle que sacara el coche porque «había recordado que tenía una cita con su ginecólogo».

Louise fue más difícil de convencer.

–Deberías comer algo.

–No tengo tiempo, Louise.

Thomas la ayudó a subir al Mercedes y Danielle hizo un esfuerzo sobrehumano para disimular el dolor. Afortunadamente, el hospital solo estaba a diez minutos de allí.

–¡Dios mío! –exclamó Flynn, con el corazón en un puño. No podía creer lo que Louise le estaba diciendo por teléfono.

Danielle había empezado a tener dolores de parto y se había ido al hospital sin decirle nada.

–Cuando bajó a la cocina esta mañana estaba muy pálida, pero me dijo que tenía una cita con su ginecólogo…

–¿Dónde estás ahora?

–Cuando Thomas la dejó en el hospital le dije que me llevara a mí. No me creí eso de la cita con el ginecólogo. La pobre tenía muy mala cara.

–No te muevas de su lado, Louise.

–No, no…

–Yo llegaré enseguida.

–Flynn, el médico ha dicho que todo está bien…

–Da igual. Voy para allá.

¿Por qué no le había dicho nada? ¿Creía que no le importaba lo que fuera de ella y del niño? ¿No sabía que la amaba?

Flynn se quedó inmóvil. La amaba. Estaba enamorado de ella.

La amaba.

Flynn tragó saliva, intentando no pensar que pudiera pasarles algo. A ella y al niño. A los dos.

«No, por favor, no me los quites», pensó. No podía imaginar la vida sin Danielle.

Cuando llegó al hospital estaba enfermo de preocupación. Ni siquiera vio a Louise levantarse y salir de la habitación discretamente.

–Flynn, todo está bien. El médico me ha dicho que las pruebas son normales.

Él sintió un alivio tan profundo al verla que sus ojos se llenaron de lágrimas.

–Danielle… ¿por qué no me has llamado? Yo quería estar contigo.

–Sé que tu madre murió de parto, Flynn. Louise me lo contó.

–Está despedida.

Bueno, quizá no la despediría. Louise también quería a Danielle. ¿Cómo no iba a quererla?

–Te quiero, Danielle. Te quiero con toda mi alma –dijo Flynn entonces, apretando su mano–. Con todo mi corazón.

–¿Me quieres?

–Te quiero con todo… con todo lo que soy –le confesó él–. Y quiero estar contigo siempre. No solo con mi cuerpo, sino con mi corazón. Tú eres parte de mí, Danielle.

–Te quiero, Flynn Donovan. Eres todo lo

que deseo en un hombre. Eres bueno, decente... y has levantado la cortina de tristeza que había en mi alma. Quiero pasar el resto de mi vida contigo.

El corazón de Flynn se hinchó de amor al ver el brillo de sus ojos. Tenía que tenerla en su vida. Era así de simple.

–Tú ya sabías que me querías, ¿verdad? –murmuró, tomando su cara entre las manos.

–Sí. Lo descubrí el día que volviste de Brisbane para estar conmigo.

También él recordaba esa noche. Recordaba que le brillaban los ojos de otra manera.

–¿Quieres casarte conmigo, Danielle?

–Sí, sí, sí.

–Eso es lo que quería oír. Y prometo que intentaré dejarte tu espacio. Serás una decoradora de interiores maravillosa y...

–Por el momento voy a estar muy ocupada con el niño –sonrió Danielle–. Pero mientras tú me quieras yo seré feliz, cariño mío.

Flynn la besó en los labios, creyéndola, creyendo en ella.

–Si mi amor es todo lo que necesitas vas a ser una mujer muy feliz, amor mío.

Epílogo

Danielle tomó aire.

–Ay, aquí viene otra.

–Haz los ejercicios de respiración, cariño –la animó Flynn.

Unos minutos después volvía a relajarse sobre la almohada.

–Esa ha sido horrible. Pero no tienes que quedarte conmigo, de verdad. Estoy bien.

–No pienso moverme de aquí.

–Puede que… esto sea estresante para ti.

–¿Sabes lo estresado que estoy?

–No, dímelo.

–Pues…

Danielle se llevó una mano al abdomen.

–¡Flynn, llama a la enfermera!

–¿Dónde está el médico? –gritó él, sacando la cabeza al pasillo mientras apretaba el timbre de la enfermera como un poseso–. Debería estar aquí ya.

–Ay, otra contracción… me parece que ahora ya viene el niño. Tengo que empujar, Flynn.

–¿Puedo hacer algo por ti?

–No te muevas de mi lado.

–No me muevo de aquí, mi amor.

El médico apareció en ese momento y la examinó con toda tranquilidad mientras Flynn se mordía las uñas.

–Me parece que el niño tiene ganas de salir. Bueno, vamos a prepararlo todo.

Contracción tras contracción, apareció una cabecita diminuta, los hombros… Y Flynn estaba allí, a su lado, cuando el bebé llegó al mundo.

Y estaba allí cuando el médico anunció que era una niña. Y juntos oyeron llorar a su hija por primera vez.

Danielle lloró mientras acunaba a su niña y miraba a Flynn, que la besó suavemente en los labios.

–Bien hecho, cariño –murmuró–. Es perfecta. Igual que su madre.

Ella tenía un nudo en la garganta. Si había alguien perfecto era aquel hombre, su hombre.

–Vamos a llamarla Alexandra –dijo Danielle entonces–. Como su abuela.

Flynn se inclinó para besarla, emocionado.

–Gracias –dijo con voz ronca.

Se miraron durante largo rato, pero pronto fueron interrumpidos por las enfermeras, que tenían que hacer su trabajo. Después, cuando Danielle ya estaba en su habitación, les llevaron a la niña y los tres se quedaron solos.

Danielle respiró profundamente. Era el momento de enfrentarse a Flynn y a su futuro, pero aún tenía que hacer una cosa más. Era hora de olvidar el pasado.

–Flynn, tenía tanto miedo de tenerla…

–¿Qué quieres decir?

–Pensé que no la querría porque no quería a Robert. Pensé que no querría a mi hija como debería quererla –Danielle sonrió, temblorosa–. Pero la quiero. La llevo en mi corazón.

Los ojos de Flynn estaban llenos de ternura.

–¿Alguien te ha dicho alguna vez que eres una persona preciosa?

–No, recientemente no –intentó sonreír ella.

–Pues deja que haga los honores, amor mío –Flynn se inclinó para besarla en los labios. Suave, tiernamente–. Eres una persona preciosa, Danielle Donovan.

–Oh, Flynn. Tú siempre me haces sentir preciosa.

–Te quiero, cariño. A ti y a Alexandra y a los otros niños que vamos a tener.

–¿Otros?

–Bueno, no demasiados –sonriendo, Flynn tomó a Alexandra en brazos y la puso en su cunita.

Luego volvió con Danielle, como haría siempre.

–También te quiero para mí a veces. No, te quiero para mí siempre, pero estoy dispuesto a llegar a un compromiso. Contrataremos a una niñera.

–Creo que Louise y Thomas estarían dispuestos a hacer ese trabajo –sonrió Danielle–. Gracias por quererme de forma incondicional, Flynn. Y a mi hija.

–Nuestra hija.

–Nuestra hija –repitió ella, mientras su futuro marido inclinaba la cabeza para buscar sus labios.

Tardaron mucho tiempo en apartarse para buscar aire. Y a Flynn no le importó. Le gustaba ser cautivo de aquella mujer que tenía su corazón en las manos.